WITHDRAWN
UTSA LIBRARIES

P9-AEU-650

RENEWALS 691-4574
DATE DUE

Demco, Inc. 38-293

Luis Goytisolo (Barcelona, 1935) es una de las figuras mayores de la narrativa en lengua castellana.
Entre sus obras destacan *Las Afueras* (1958, Premio Biblioteca Breve), *Fábulas* (1981) y el vasto ciclo novelístico *Antagonía*, que empezó a gestarse
en 1960, compuesto por *Recuento* (1972), *Los ver-
des de mayo hasta el mar* (1976), *La cólera de
Aquiles* (1979) y *Teoría del conocimiento* (1981).
Estela del fuego que se aleja (1984) es la última
novela, hasta la fecha, de un autor a quien consideramos, con Luis Suñén, «un novelista tan do-
minador como inteligente, un escritor excepcional,
un escritor, en gran medida, único». Tuvo una
extraordinaria acogida y obtuvo el Premio de la
Crítica a la mejor novela del año, estando en
vías de publicación a varios idiomas.

Investigaciones y conjeturas
de Claudio Mendoza

Luis Goytisolo

Investigaciones
y conjeturas
de Claudio Mendoza

EDITORIAL ANAGRAMA
BARCELONA

Procedencia de los textos:
«Tres hallazgos», diciembre 1984 (inédito)
«El encuentro Marx-Lenin», El País, 18 de junio de 1978
«Diario de un gentleman», Nueva Estafeta, julio 1979
«Joyce al fin superado», El País, marzo 1985
«Acotaciones», El País, tres entregas: 30 de junio, 7 de julio y
    14 de julio 1985
«Un Jehová del siglo xx», agosto 1985 (inédito)

Portada:
Julio Vivas
Ilustración: «Trompe l'œil» (2.ª mitad del Siglo XVII)
    de Johann Georg Hainz

© Luis Goytisolo, 1985

© EDITORIAL ANAGRAMA, 1985
    Calle de la Cruz, 44
    08034 Barcelona

ISBN 84-339-1727-7
Depósito Legal: B. 35957 - 1985

Printed in Spain

Diagràfic S. A., Constitució 19, 08014 Barcelona

LIBRARY
The University of Texas
At San Antonio

Tres hallazgos

1

Cuando el profesor Rico Manrique me propuso escribir un ensayo sobre los tres textos de Luis Goytisolo recogidos en la presente obrita, a punto estuve de decirle sin más que no. Pero algo, un reclamo entonces para mí todavía impreciso, me impulsaba en sentido contrario, así que le dije que me lo pensaría. En definitiva, se trataba de explicarme a mí mismo las razones de una respuesta eventualmente afirmativa, y eso, pese a ser hombre analítico por naturaleza, me tomó mis buenas horas de reflexión. ¿Por qué yo, un investigador especializado en religiones del mundo romano, había de escribir un ensayo sobre los tres textos —textos, sí; qué otro nombre podría darles— que aquí se ofrecen al lector? Hay una respuesta casi obvia: por mi buen conocimiento, no ya de la obra del autor, de la totalidad de su obra, sino del autor en persona, extremos ambos que el profesor Rico Manrique conocía y que sin duda le decidieron a proponerme lo del ensayo. Pero era detrás de estos datos —mi conocimiento de la obra y mi peculiar relación con el autor, al que a partir de ahora llamaré G— donde se escondía la verdadera causa de mi aceptación. Pues si unos textos como los aquí recogidos, tan próximos a nosotros en el tiempo y en el espacio, han dado pie a un cúmulo tal de cábalas y confusiones, ¿qué no ha de suceder y sucede con textos escritos hace dieciocho o veinte siglos? ¿Qué más quisiera yo que haber tenido la oportunidad de conocer a San Agustín o al autor de uno cualquiera de tantos manuscritos que frecuentemente, con excesiva ligereza son tenidos por apócrifos? Esa era la oportunidad —el reto, el juego, si se quiere— que el profesor Rico Manrique me estaba ofreciendo y que yo, en mi condición de lector privilegiado, no podía sino terminar aceptando.

He mencionado ya la peculiaridad de mi relación con G y, ante la ausencia de una palabra que exprese mejor la índole de esa relación, voy a explicar en qué consiste esa peculiaridad. De hecho nos conocemos desde la adolescencia, ya que ambos fuimos al mismo colegio, el Lasalle de Barcelona. Sólo que yo cursé allí únicamente los dos últimos años del bachillerato, cuando mi padre, que era funcionario público, ganó una plaza vacante en Barcelona. Y, en mi calidad de *nuevo*, no conseguí integrarme en el grupo de G. Yo me sentía atraído por ese grupo debido a su forma de actuar, de hablar, de bromear, un atractivo casi físico porque las cualidades que lo fundamentan se manifiestan en el físico; un fenómeno muy común a esa edad tanto entre los chicos como entre·las chicas. En lugar de practicar algún deporte, se pasaban los recreos charlando, intercambiando ironías, comentando libros; recuerdo, concretamente, haber visto circular un ejemplar de la edición de Espasa Calpe del *Santuario* de Faulkner, en excelente traducción de Lino Novás Calvo, una clase de obras de las que, por aquel entonces, yo no tenía ni noticia.

Nuestras vidas volvieron a cruzarse durante el servicio militar, que ambos cumplimos en la milicia universitaria. Pertenecíamos a unidades distintas y, en la práctica, no había otro lugar para llegar a verse que la siempre atestada cantina. En una ocasión logré situarme a su lado y le recordé que habíamos sido compañeros de colegio. G hizo como que lo recordaba perfectamente, pero por su expresión adiviné que no me recordaba en absoluto, que lo decía por pura cortesía; yo atribuí el olvido al uniforme que, de acuerdo con el sentido más literal de la palabra, difumina todo rasgo individual, uniformiza. Es curioso que, al igual que en el colegio, donde se las había arreglado para ir aprobando sin problemas, en la milicia alcanzase, también sin problemas, el grado de alférez, mientras que yo no conseguí pasar de sargento, debido tal vez a mi falta de disposición moral y física, muy propia de los hábitos sedentarios de una persona entregada precozmente a la investigación. Pero G parecía haber hecho suyo uno de los principios tácticos fundamentales: ver sin ser visto.

Nuestro siguiente encuentro tuvo lugar con motivo del cóctel que siguió a la concesión del premio Biblioteca Breve a Guillermo Cabrera Infante, dato que me permite fijar exactamente el año: 1964. Para entonces, G tenía ya publicadas un par de novelas, y yo, al tiempo que empezaba a desarrollar mi plan de trabajo sobre las religiones del mundo romano, me ganaba la vida escribiendo artículos para una enciclopedia. Aproveché el momento en que se apartaba de un pequeño grupo de invitados para abordarle con desenfado, empuñando un frío vaso empañado, y tuvimos un breve cambio de impresiones de carácter general. «Me parece que no acabas de situarme —le dije finalmente—; soy Claudio Mendoza.» «¿Cómo no iba a situarte —contestó riendo—, con ese nombre de dictador guatemalteco?» Yo me eché a reír al comprender que intentaba suplir con una broma el hecho de que efectivamente no me situaba; al menos eso fue lo que me dije a mí mismo de momento. Sólo que su risa, su risa más que sus palabras, una risa estentórea y prolongada, mantenida incluso mientras se daba la vuelta hacia otro grupo, no tardó en hacerme salir de mi confusión inicial, lento como soy en mis reacciones ante lo imprevisible, al enfrentarme a la evidencia de que acababa de descubrir una faceta del carácter de G que tenía bien poco de agradable.

Alrededor de año y medio más tarde tuve ocasión de comprobarlo ampliamente, esta vez en Cadaqués, lugar que yo había elegido para pasar mis vacaciones, sin saber, ni qué decir tiene, que G también andaba por allí. A veces coincidíamos en la playa o en la terraza de algún bar, y aunque ni el bañador ni las informales prendas propias del verano facilitan la identificación de una persona a la que se ha conocido en otro lugar, en otras circunstancias y con otra indumentaria, era evidente que G no me recordaba o fingía no recordarme en absoluto. Aunque yo salía poco de casa, entregado como estaba a mis investigaciones —por eso precisamente había elegido Cadaqués, para aislarme— era casi inevitable que cada vez que optaba por salir a tomar el aire terminara por toparme con G, ya que *él sí salía*. Hoy día parece muy arraigada la creencia de que G es un ser tímido, de carácter introvertido. Pues bien: yo propongo que se pregunte al respecto a quienes le conocieron por aquel entonces y que opinen sinceramente acerca de si esa imagen responde a la realidad o, por el contrario, a una imagen promovida por el propio G, a la imagen que, por las razones que sean, a G le interesa ofrecer de su persona. ¿Tímido un hombre cuya extroversión y exhuberancia vital rayaban en el exhibicionismo? Baste citar, a modo de ejemplo, la fiesta que Salvador Dalí celebró en su casa de Port-Lligat, y G —G, no Dalí— convirtió en un verdadero *happening* cuando, tras cruzar unos golpes con un tal capitán Moore, terminaron rodando por un corredor, estrechamente enzarzados en mutuo estrangulamiento, hasta que algunos de los allí presentes logramos separarlos. Con todo, un buen trozo de la americana del capitán Moore quedó en manos de G, que se dedicó a repartir a diestro y siniestro hilachas de aquel tejido listado blanco y negro proclamando que se trataba de un modelo Dior. Finalmente, un grupo de amigos —entre los que recuerdo al bailarín Antonio Gades y al arquitecto Ricardo Bofill— consiguieron lo que parecía imposible esperar de un ser poseído por la exaltación de la violencia más agresiva, y G se avino a salir al jardín, donde, al tiempo que aspiraba la fresca brisa marina, orinó largamente contra el tronco de un plateado olivo, poniendo así término a un comportamiento que, más que impropio —incluso tratándose de un escritor o un artista—, habría que calificar de lamentable en razón de la torpe brutalidad puesta en manifiesto.

A los pocos días abandoné Cadaqués y no volví a tener noticias de G —aparte de los libros que iba publicando y subsiguientes entrevistas, reseñas críticas, etc.— hasta hará unos tres o cuatro años. Un amigo y colega, recién llegado por aquel entonces de Ginebra, me comentó que, hablando con María Zambrano —de la que mi amigo es un entusiasta discípulo— del primer tomo de mi *Historia de las Religiones del Mundo Romano*, que acababa de ser publicado, y al comentar ella lo mucho que le había interesado, añadió que se había pasado toda una tarde hablando con G —al parecer asimismo vivamente interesado— acerca de la obra. La noticia me sorprendió y, por qué no decirlo, me halagó. Así pues, decidido a olvidar pasados malentendidos, me aproximé de nuevo a G en el curso del primer acto de carácter literario en el que la casualidad quiso que nuestros caminos se cruzaran de nuevo. Yo intenté llevar la conversación hacia el tema de las religiones del mundo romano, pero eso no resulta fácil cuando en uno de esos corrillos que se forman la gente habla de otras cosas. Y lo único que acerté a preguntarle era si aún iba por Cadaqués: «No —me contestó—; hace ya muchos años que ni me acerco.» Eso fue todo. Y es que, por encima de la dificultad de entablar una conversación seria en una reunión multitudinaria, se me impuso una doble evidencia: por una parte, que no podía irle con la historia de que un amigo de nuestra común amiga María Zambrano me había hablado del interés que, según ella, había despertado en G la *Historia de las Religiones del Mundo Romano*, de la que yo era autor, etc.; inviable, demasiado floreado, demasiado tomado por los pelos. Y, por otra, que aunque finalmente lográsemos centrar la conversación en las religiones del mundo romano, resultaba no menos imposible que G terminase por establecer un nexo de unión entre el autor y yo, o si se prefiere, entre el autor del libro y la persona que le conocía desde hacía tantos años y con la que había coincidido en tan diversas circunstancias. Esto es: con la persona que estaba ante sus narices sin que él diera la más mínima muestra de hallarse a punto de recordar algo al respecto. Por supuesto que mi físico, como suele suceder cuando se lleva una vida entregada a la investigación, ha cambiado notablemente desde nuestro último encuentro —más años, más peso, menos pelo—, pero eso no justifica nada, ya que el tiempo pasa para todos, empezando por el propio G, ahora lleno de canas. Y, una de dos: o G sufre una fuerte perturbación psíquica o bien, ignorándome como me ignora, me hace víctima de una inquina que escapa a toda explicación racional. De cualquier forma, cuando acepté la propuesta del profesor Rico Manrique relativa al presente ensayo y me puse en contacto con G por si tenía intención de introducir algún cambio o añadir algo, puse buen cuidado en que nuestro contacto fuera exclusivamente telefónico. No más desaires ni malentendidos.

2

Vuelvo a la interrogación inicial: ¿qué errores y lagunas no habrá en torno a textos y manuscritos de hace dos mil años, cuando algunos de los textos aquí recogidos revelan inexactitudes históricas cuya importancia rebasa con mucho el ámbito del propio texto? Me estoy refiriendo, claro está, al primero de ellos que lleva por título *El encuentro Marx-Lenin*.

Convencido de que en Londres poco iba a averiguar, ya que el profesor de Oxford que facilitó a G las fotocopias de las cartas se encontraba en Sudamérica y, hallándome yo en París, decidí rastrear, en la medida de mis posibilidades, la pista de los Lafargue, aunque sólo fuera para distraer mis ocios tras las agotadoras jornadas de trabajo a las que me habían llevado mis investigaciones en la Bibliothèque National. Mi punto de partida era la hipótesis de que si bien la descendencia que Paul Lafargue había tenido con su esposa, Laura Marx, se truncó prematuramente, era posible y hasta probable que hubiera tenido hijos con otra mujer antes de (o durante) su matrimonio, que tan trágicamente había de terminar en 1911, coincidiendo con el agotamiento de la herencia que en su día les había asignado Engels. Un hombre como el autor de *Le Droit à la Paresse*, cuyo «temperamento criollo» había inquietado a Marx no menos que su situación económica, no era de los que podían sentir escrúpulos en mantener relaciones íntimas con más de una mujer a la vez. Y el hecho de que hacia 1975 apareciera un Paul Lafargue en Londres quería decir, no sólo que la hipótesis establecida ofrecía todos los visos de ser cierta, sino que forzosamente tenían que existir eslabones intermedios.

El camino elegido para dar comienzo a mis averiguaciones fue el más lógico, fácil y directo: la guía telefónica de París. Ahorraré al lector las diversas peripecias a que dio lugar la búsqueda del joven Lafargue —algunas de ellas francamente divertidas— porque lo realmente importante es que conseguí dar con todos los eslabones perdidos de la cadena y en mucho menos tiempo del que nadie pudiera imaginar. Como yo suponía, Paul Lafargue había tenido al menos otro hijo al margen de su matrimonio con Laura Marx. Y ese hijo de Lafargue y de una española llamada Lola Pérez Iglesias, había sobrevivido bajo el cuidado de su madre en unas condiciones de vida seguramente superiores a las que hubiera podido ofrecerle la pareja Lafargue-Marx. Su hijo —o uno de sus hijos— se casó a su vez con otra española, hija de exilados, el menor de cuyos chicos era nuestro Paul Lafargue, al parecer la oveja negra de la familia. El padre, por el contrario —un médico eminente—, había sido condecorado con la Legión de Honor por su comportamiento en la resistencia durante la ocupación alemana. Cuando le pregunté por las cartas, el padre se limitó a comentar que habían sobrevivido a los alemanes, pero no a la fuga de su hijo, y que con eso estaba todo dicho.

Ahorraré al lector los restantes detalles acerca de cómo llegué a dar con el joven Paul Lafargue, que ni hacen al caso ni, gracias a la ayuda de una locuaz portera, supusieron especiales dificultades. Baste decir que disponía de una dirección —un cabaret especializado en espectáculos de tipo porno—

16

y un nombre, el nombre del compañero, por así decir, de nuestro Paul: un travesti brasileño que, al parecer, en su país había pertenecido a la guerrilla urbana. En la barra de aquel antro me informaron de que el brasileño no trabajaba allí desde hacía mucho tiempo; está acabado, me dijeron. Pregunté entonces si sabían algo de Paul Lafargue, su amigo. ¿Le conoce Vd.?, me preguntaron. Al responder negativamente, tal vez tranquilizados, ya que era evidente que no les mentía, me dijeron que lo tenía sentado a pocos metros de mí, en la mesa situada al final de la barra. No sé en qué sentido el brasileño podía estar acabado, ya que, por el contrario, encontré a nuestro Paul Lafargue mucho más joven de lo que esperaba, dado el número de años transcurridos desde el asunto de las cartas. Tras pedirle permiso para sentarme a su mesa y a fin de evitar equívocos, me autopresenté como investigador de la historia de las religiones del mundo romano y le expuse el motivo de mi visita. Le hablaba en francés, su idioma, pero él no daba señal, no ya de entenderme, sino ni tan siquiera de escucharme, como si se hallara bajo el efecto de alguna droga. Hasta que, de repente, me espetó en español: Oye, ¿por qué te pones tan soviético? Yo me quedé atónito, momentáneamente mudo de asombro, circunstancia que él aprovechó para levantarse y dirigirse al fondo de la sala. Imaginé que había ido al servicio, quién sabe si a inyectarse, pero tras esperar casi una hora y preguntar por él de nuevo, esta vez en vano, comprendí que me había dado el esquinazo. La situación, además, me resultaba embarazosa: yo allí, en un antro gay, expuesto a ser reconocido por cualquiera, mientras aquella especie de vampiresas, sólo traicionadas por el tono profundo de la voz, no paraban de revolotear en torno a mi mesa con la pretensión de tomar una copa en mi compañía.

De regreso al hotel, me iba repitiendo a mí mismo lo que, en realidad, sabía ya antes de mi efímero encuentro con el joven Lafargue: no sólo las cartas eran auténticas, sino que el muchacho que las había puesto a la venta en Oxford era un descendiente directo del yerno de Marx. Un dato que G no supo demostrar. Por lo demás, las dos objeciones por él planteadas respecto a su autenticidad, son de muy escasa solidez. Es cierto que, oficialmente, Lenin estuvo por primera vez en Londres en 1902. Pero, ¿y extraoficialmente, con documentación falsa, como tantos otros conspiradores de todos los tiempos? En cuanto a la edad que para entonces tenían tanto Lenin como Trotski, es más que sabida la escasa fiabilidad de las fechas de nacimiento —en contraposición a las de fallecimiento— de las personas de la clase social a la que pertenecían. Las diferencias entre los primeros siglos de la Roma imperial y la Rusia zarista del XIX, son, a este respecto, mínimas. ¿Cómo pudieron escapársele a G este tipo de consideraciones? Y una última consideración que, si no se la hizo entonces, debiera hacérsela ahora: ¿hubiera publicado una revista de la solvencia y el prestigio de la *Freibeuter* berlinesa el texto en cuestión de no estar más que establecida la autenticidad de las cartas?

En lo que concierne al contenido en sí del intercambio epistolar, baste decir que para nadie es un secreto la escasa confianza de Marx en la capacidad revolucionaria de los países que integran lo que hoy llamamos Tercer Mundo.

3

Es tal vez el segundo de los textos aquí recogidos, *Diario de un gentleman*, donde mi situación de *lector privilegiado* alcanza su punto culminante. No se trata ya, en efecto, de que yo conozca al narrador, a G; aquí conozco además a Pachá, el protagonista y autor de los fragmentos de diario íntimo que el narrador transcribe. Pachá hizo la milicia universitaria con G y conmigo —los tres pertenecemos a la quinta del 56— y, al igual que yo, acabó también de suboficial por motivos relacionados no tanto con la aptitud física —como en mi caso— cuanto con la intelectual. (Uno de mis antepasados por línea materna, dicho sea de paso, fue general de Estado Mayor a comienzos de siglo, y escribió un libro de carácter teórico sobre la guerra ruso-japonesa y las causas de la derrota rusa.) La pulcritud del texto y hasta la propia fluidez con que son narrados los hechos, son obra sin duda de G, ya que, conociendo a Pachá —del que no sé ni nunca supe su verdadero nombre, ni tampoco he vuelto a verle en mi vida— cualquier otra explicación es poco menos que inimaginable.

Y con ello nos encontramos con el principal problema que plantea —o resuelve— el texto: corregido y retocado por G, el fragmento del diario de Pachá es, no obstante, *auténtico*. Lo único que G ha hecho es armarlo, organizarlo como entidad autónoma. En definitiva, el novelista, lo admita o no, ha recurrido siempre a materiales tomados de la realidad (Proust, Joyce, Faulkner, etc.), sea en forma de acontecimientos, testimonios orales o escritos, sea en forma de experiencias personales. Y, en este caso, en lugar de comentar el contenido de un texto hallado *realmente* en un tren y analizarlo desde cualquier punto de vista —cosa que hubiera dado lugar a un ensayo—, G ha preferido utilizarlo, con pequeñas modificaciones, como fuente de un relato de ficción. Según sus propias declaraciones, ese relato perteneció en su día al área de *Las Afueras*, (1958, téngase en cuenta; el diario de Pachá está teóricamente fechado en 1955 y nuestra coincidencia en la milicia universitaria data de 1956, un verano más tarde y no «varios» como pretende G), de la que finalmente fue excluido, debido a que su tono humorístico desentonaba, no terminaba de encajar en el conjunto. Ahora bien: aunque, como sabemos, la naturaleza imita al arte, ¿cuáles son los puntos de contacto entre el contenido del diario y la primera novela de G, aparte de la referencia a Sitges y la palabra del autor de que al protagonista le hubiera correspondido el nombre de Alvarito? Baste, como muestra, el uso que el autor del diario (Pachá) hace del calificativo *incomparable* (referido repetidamente al Paseo Marítimo), un calificativo que G, ni en broma, con fines paródicos, a fin de caracterizar al personaje, hubiera cometido el error de utilizar.

En mis conversaciones telefónicas con G ni tan siquiera abordé la cuestión, esencial desde mi punto de vista, de la autenticidad del diario, avalada como está por tantas evidencias. Por otra parte, lo que a él parecía preocuparle por encima de todo era el hecho de que jamás hubiera logrado cobrar cantidad alguna por el relato en concepto de derechos de autor. Ni la hoy desaparecida *Nueva Estafeta*, que lo publicó en su número 8 (1979), llegó a pagarle, ni las diversas revistas hispanoamericanas que lo reprodujeron podían hacerlo, ya que por algo se trataba de reproducciones pirata. Aunque comprendo su disgusto, confieso que el énfasis de aquella voz al otro lado del hilo telefónico, así como el hecho de que insistiera en ello también por carta, no dejó de sorprenderme, puesto que, tal vez ingenuamente, le situaba muy por encima de este tipo de obsesiones pecuniarias.

4

El tercero y último de los textos, *Joyce al fin superado*, es, sin lugar a duda, el que ofrece, desde un punto de vista crítico, un panorama más despejado, dado que no plantea el menor problema acerca de la paternidad del texto base, la obra de Hannahan en este caso. Las lagunas existentes en el ensayo de Stanislaw Lem que G toma como punto de partida son indiscutibles. Pero en el curso de un breve viaje a Chicago, realizado sin otro objeto que el de tener un intercambio de opiniones con Eliade, coincidí casualmente con alguno de los especialistas en Hannahan que menciona G, y puedo afirmar que también ellos tienen muchas observaciones que añadir a lo que G ha escrito. Así las cosas, si G, tal vez por su condición de español, ha podido descubrir algún que otro detalle que había escapado a tantos ilustres colegas, ¿qué no iba a encontrar un lector tamil o islandés o, pongamos por caso, un egipcio de confesión copta? Cualquier intento de aprehender el conjunto de significados propuesto por Hannahan es similar al de pretender arrastrar con una red, no unos cuantos peces, sino el mar entero que los contiene. Y eso es, ni más ni menos, lo que G parece haberse propuesto.

Mi posición personal respecto a la autenticidad de los textos es, así pues, diáfana y terminante: todos los textos mencionados o transcritos en la presente obra son auténticos. Y sólo espero que mis observaciones relativas a la personalidad de G no induzcan a un eventual lector suspicaz a sacar consecuencias desviadas, ya que, como investigador he comprendido que, en este caso concreto, la personalidad del autor —a diferencia de cuando, por desgracia, poco o nada se sabe al respecto, que es lo habitual en mis investigaciones— importa no menos que las características de su obra. Que nadie se figure que me guía algún tipo de rencor, resentimiento o despecho —si alguien merece aquí ser calificado de rencoroso es G, como bien saben sus críticos— al revelar ciertos aspectos de su carácter; sus «olvidos» respecto a mi persona no son, en definitiva, más que simples rasgos patológicos que, en consecuencia, no pueden serle imputados. Lo que sí me he propuesto —por qué negarlo—, es demostrar que su capacidad de fabulación y mixtificación tiene un límite y que sus tres presuntos relatos se basan en textos auténticos, no apócrifos. Mi experiencia y mi instinto —que mis colegas prefieren denominar sagacidad— así me lo indican. Y conste que lo digo con conocimiento de causa, ya que me precio de haber descubierto en la obra de G más de un aspecto que parece haber pasado por alto a la mayor parte de la crítica. Desde el valor del número 7 en *Las Afueras* (indefinido en el tiempo y en el espacio, ya que, como dice Guénon, no infinito), hasta el modelo emblemático del Viejo (Pío XII) y de su proyección antagónica, el Moro (Karl Marx) en *Teoría del Conocimiento*. En última instancia, ese ha sido siempre mi trabajo: interpretar y calibrar el alcance de los textos. Tarea que, en el presente caso, a decir verdad, no me ha resultado particularmente difícil.

El encuentro Marx-Lenin

De entrada pensé que eran cosas de Guillermo, una de sus clásicas bromas. Veamos si no tenía mis motivos: me despierta el ring-ring del teléfono, inclemente en su insistencia, indiferente por completo al hecho de que la noche anterior haya sido más bien movida. Estoy en Londres y no en Barcelona, no en mi casa, sino en una habitación de hotel, y quien me habla es un profesor del Saint Charles College, de Oxford, especialista en novela latinoamericana, que conocí precisamente a través de Guillermo. Y lo que ahora quiere —los cómo estás, qué haces y todo eso aparte— es mostrarme dos cartas que ha comprado a un cubano o descendiente de cubanos. De Santiago, provincia de Oriente, para ser exactos; ni más ni menos que como Guillermo. ¿Y cómo se llama el cubano o pretendido cubano? Pablo Lafargue. ¿Y cuál es el tema de las cartas? Una entrevista que Marx y Lenin celebraron en Londres. Muy de Guillermo.

Lo curioso del caso era que nuestro especialista

27

en novela latinoamericana no parecía haber llegado a conclusiones similares a las mías. Se diría, incluso, que hasta estaba convencido de la autenticidad de las cartas, turbado, a lo sumo, no por su contenido, sino por algunos puntos oscuros relativos a las circunstancias en que pudieron ser redactadas. Ambas cartas tenían un mismo destinatario: Paul Lafargue, marido de Laura Marx, hija de Karl, y presunto abuelo de Pablo Lafargue, el joven cubano que se desprendió a módico precio de tales recuerdos de familia. Los remitentes, Louise Kautsky, primera mujer de Karl Kautsky, y León Trotski. Debidamente autorizado por mi buen amigo de Oxford, reproduzco a continuación los dos textos. Que el autor juzgue por sí mismo.

Escribe Louise:

Supongo que en otras circunstancias sería nuestra querida Jenny la encargada de escribirte. Pero últimamente su salud se halla algo quebrantada y soy yo quien lo hace en su nombre. Lo importante es alertarte sin pérdida de tiempo, a fin de que a tu vez pongas en guardia a los camaradas de París sobre el trasfondo de un pequeño incidente que por unos días ha conseguido alterar la paz que es habitual en casa de Mohr (apodo familiar de Karl Marx). Se trata de lo sucedido en el curso de la entrevista que Friedrich y él tuvieron el pasado fin de semana con dos miembros de la sección rusa que venían recomendados por Plejánov. Uno de ellos, el que llevaba la voz cantante, se llama Lenin y pertenece a la redacción de *Iskra*. El otro es un estudiante llamado Trotski.

Conoces mejor que yo la generosidad así de Karl como de Friedrich, su total entrega a sus siempre numerosos visitantes y huéspedes, su forma de abrir de par en par las puertas de la casa igual que les abren de par en par sus propios corazones. Friedrich incluso se había hecho con una botella de *champagne* para mejor celebrar la ocasión. En fin, que les obsequiaron como tienen por costumbre. Y también Lenchen se esmeró en la cocina como de costumbre, mientras Jenny les hacía los honores al alimón con Tussie, que acababa de llegar de Escocia. Pero, a diferencia de otras veces, con otras personas, todas sus gentilezas y todas las bromas y el buen humor que son habituales en aquella casa, parecían estrellarse contra una especie de muro compuesto, mitad por mitad, de mala educación y del típico hermetismo eslavo. Una situación francamente embarazosa que no podía menos que despertar ciertas sospechas. De ahí que Karl y Friedrich, como de común acuerdo, resolvieran cortar por lo sano, esclarecer de una vez qué se ocultaba tras la fachada de aquellos dos rusos llegados con una carta de presentación de Plejánov. Y se encerraron los cuatro en el gabinete de trabajo.

El que llevaba la voz cantante, como creo haber dicho, era Lenin, un hombre achaparrado y calvo, de rasgos asiáticos; su compañero, por el contrario, arrogante y atildado, apenas si despegó los labios.

Y Lenin empezó adulando a Karl, citando de memoria sus escritos como el mejor de los discípulos. Hasta que Mohr, eficazmente auxiliado por el general, acabó encauzando la conversación hasta centrarla en la situación rusa. Habían dado en el blanco: se trataba, efectivamente, de dos de estos rusos tercos y visionarios que se cierran de inmediato a cuanto choca con su mentalidad de hombres de la estepa. Nuestros huéspedes, como impulsados por un resorte, pronto se manifestaron como dos paneslavos que odiaban todo lo occidental, dos verdaderos fanáticos que hablaban de nosotros, los occidentales, como de otra clase de seres, inferior, por supuesto, a la suya. No sólo esto: hasta los chinos, indios y demás pueblos coloniales, salvajes y esclavos incluidos, parecían inspirarles el mayor interés, como si de todos ellos pudiera esperarse acción revolucionaria alguna. Con lo que, además, quedó demostrado que su comprensión de la dialéctica, así como de las leyes económicas y de los principios del socialismo científico en general, era prácticamente nula. ¿Puede un pueblo primitivo y feudal, donde el proletariado apenas si existe en cuanto a clase, realizar la revolución proletaria? Según Lenin, se diría que sí. Entiéndeme: no que estos pueblos, con sus lógicos movimientos de rebeldía, puedan contribuir a acelerar la crisis del capitalismo que ha de propiciar la revolución proletaria en los países industrializados de Occidente. No, demasiado elaborado para ellos. Pues lo que ellos pretendían era, ni

30

más ni menos, que Europa entera se vería *arrastrada* a la revolución en cuanto ésta hubiera triunfado en su propio país. ¡Como si una revuelta similar a la de los cipayos tuviese algo que ver con la revolución!

Que no abrigaban sino sentimientos de odio era evidente. Lo que ahora falta saber, a fin de estar prevenidos, es el resto. Empezando por la curiosa presentación de Plejánov, aunque esto bien pudiera responder a una de sus acostumbradas argucias. No: el punto importante es otro. Ya que a Mohr ambos sujetos le recordaban espantosamente la pareja Bakunin-Necháiev, los dos anarquistas rusos de la época de la Alianza, de triste memoria. Por ello, en lo que a su verdadera identidad concierne, caben tres posibilidades: que Lenin y Trotski sean, si no agentes zaristas, cuando menos, agentes dobles, como probablemente lo fue Necháiev. O que sean elementos provocadores, nihilistas infiltrados en nuestra organización, profesionales del terrorismo. O, finalmente, que sean realmente comunistas rusos, hipótesis que les haría especialmente peligrosos a la vista de sus delirios paneslavos. Conocemos de sobra, por desgracia, lo que suelen dar de sí esos cráneos calvos y amarillos como el de Lenin. Y el espíritu revolucionario que cabe esperar de esos estudiantes atildados tipo Trotski. Por esta razón, os ruego encarecidamente que toméis al respecto las precauciones debidas, que déis la voz de alarma a todos los niveles de la sección francesa y que, de ser posible, desenmascaréis ante los camaradas a semejantes sujetos. Con afectuosos saludos para Laura, Louise.

Escribe Trotski:

Antes de que te lleguen otras versiones, falsas, deformes y malintencionadas, te quiero contar lo que de verdad sucedió durante el encuentro que Vladimir Ilich y yo tuvimos con Marx y Engels en casa del primero, una casa con un pequeño jardín situada cerca de un parque. Su acogida no pudo ser más amable, y creo que no hizo ni caso de la carta de presentación de Plejánov. La encargada de hacernos los honores fue la señora Marx, una dama que, pese a no hallarse demasiado bien de salud, evidenciaba una inquebrantable firmeza de ánimo. Encontré a Marx exactamente igual a como lo había imaginado, algo más blanca, a lo sumo, su cabeza leonina, ahora de león polar. A Engels, mucho más alto, no me lo imaginaba exactamente así, hecho un verdadero *gentleman*. La habitación en la que fuimos recibidos debía de ser su gabinete de trabajo, repleta de libros y papeles desordenados. En la pieza contigua, su hija Tussi jugaba sobre la alfombra con unos perros. Todo, en resumen, se nos ofrecía cotidiano y acogedor.

Marx, ante todo, se interesó por la familia de Lenin, por María Alexándrovna especialmente; sabía que Alejandro, el hermano mayor de Vladimir, había sido ejecutado por orden del zar y le preocupaba el estado de ánimo de la madre. No hizo mención alguna, en cambio, de Nadia Krupskaia. Luego almorzamos en el sótano, en torno a una gran mesa; la comida fue servida por Lenchen, la sirvienta de Jenny de cuando soltera, que les había seguido desde Alemania —nos explicaron— aceptando las mismas estrecheces y penalidades que el resto de la familia Marx. Se bromeó mucho y se jugó a las adivinanzas, y Marx incluso se permitió realizar una exploración frenológica del cráneo de Vladimir Ilich. Por eso, porque yo sabía que Vladimir Ilich estaba empezando a impacientarse, no dejó de tranquilizarme el que, a continuación, nos encerrásemos los cuatro en el gabinete de trabajo, a fin de centrarnos en cuestiones más serias. No obstante, tanto Marx como Engels continuaron bebiendo generosamente, sin dejar de invitarnos a que hiciéramos lo propio; hasta nos abrieron una botella de *champagne*, igual que si estuviéramos celebrando algo.

Era obvio que a Marx le complacía enormemente el conocimiento admirativo que Vladimir Ilich tenía de sus textos, el hecho de que fuera capaz de citarlos de memoria con la mayor fluidez. Y todo fue bien y en todo estábamos de acuerdo hasta que Vladimir Ilich osó discrepar en algunos aspectos relativos a la actual situación en Rusia. Marx se puso serio de repente y dijo que conocía a la perfección la actual situación rusa, mejor, probablemente, de lo que desde allí podía conocerse. Lenin no negó la posibilidad de desconocer determinados datos y cifras, pero insistió en que él se estaba refiriendo a la realidad del país, no a cuanto pudieran reflejar las esta-

33

dísticas. Marx rió ásperamente y, con ojos como carbunclos, le preguntó qué entendía él por realidad.

A partir de ahí la conversación se hizo cada vez más acalorada, punzante como el acero la mirada de Vladimir Ilich: el papel de la clase obrera en un país campesino, la necesidad de una previa revolución burguesa, de que se desarrollase la clase obrera y adquiriese ilustración, de que el capitalismo llevase al límite sus contradicciones internas, de la cuestión colonial, que Marx no sabía ver más que bajo la óptica de las compañías occidentales de comercio. Lo que le importaba, en efecto, no era la suerte de los pueblos explotados; lo que al señor Marx le importaba eran los avatares de las compañías explotadoras, la repercusión de sus altibajos en las crisis económicas del capitalismo.

Para Vladimir Ilich las cosas estaban llegando al límite de lo soportable y sus pupilas parecían afilarse por momentos; con toda evidencia, lo que más preocupaba de Rusia al señor Marx era el estado de la traducción de sus obras al ruso. Pero el señor Marx no parecía menos exaltados, apoyado constantemente, como por un lebrel el cazador, por el señor Engels, con el que intercambiaba comentarios sarcásticos y sin duda ofensivos en una incomprensible jerga compuesta de varios idiomas. Ambos se hallaban heridos en su pangermanismo, y junto a tal sentimiento afloraba su irreprimible desprecio hacia los eslavos. Como hacia los pueblos coloniales en general, excepción hecha de los irlandeses, debido, tal vez, a que la amiga de Engels es irlandesa. Para ellos, estaba claro, los pueblos no industrializados poseían un valor puramente instrumental, y lo seguro es que el señor Marx se hubiera entendido mucho mejor al respecto con los lacayos del capitalismo —que hubieran tomado buena nota de sus consejos— que con Vladimir Ilich. Cuando intentaron suavizar las cosas y, como tras intercambiar una seña, disminuir la tensión creada, ya era tarde. Por mucho que prodigaran difíciles bromas y penosas amabilidades y que insistieran en que tomásemos más *champagne*, quién sabe si con ánimo de embriagarnos, ya era tarde.

Después, pasado aquel mal trago, ya que no la decepción, cuando, en compañía de la Krupskaia, Vladimir Ilich y yo reconstruimos lo sucedido, contrastándolo con diversas opiniones recogidas aquí y allá, no logramos sino confirmar nuestra primera impresión. Si en otros tiempos el señor Marx fue teórico de la revolución —nunca de la práctica— ya no lo es. Ahora, ese venerado Buda es tan sólo un déspota frustrado que suple su falta de poder real con una sobrecogedora capacidad de intriga, mentira o manipulación. Un tipo humano tal que, si algún desdichado día llegase al poder, siendo como para él son las masas simple carne de cañón de sus teorías, forzosamente acabaría convirtiéndose en el más despiadado de los tiranos. Casi estoy por pensar que el viejo zorro de Plejánov actuó a ciencia y conciencia al facilitarnos una carta de presentación: que le conociéramos, que viéramos de cerca a nuestro ídolo, y así atraernos a su personal actitud de reticencia, cosa que estuvo a punto de conseguir.

Asimismo, hemos confirmado plenamente algún que otro aspecto más bien original de la vida privada de nuestro ilustre anfitrión y de su socio, sobre todo desde un punto de vista revolucionario; no me sorprende ya en absoluto que hayas tenido tus problemas por el simple hecho de haberte atrevido a cortejar y pedir la mano de la hija de un caballero con semejante mentalidad pequeñoburguesa. Nada tienen de raro esta clase de detalles en un hombre que, acordes sus criterios morales con su mentalidad, se permitió tener un hijo natural de Lenchen, la fiel y gratuita sirvienta de la familia, cuya silenciosa risa durante el almuerzo sólo ahora comprendo en toda su amplitud. Ni que el señor Engels, por su parte, conozca tan bien la situación de la clase obrera inglesa, propietario y gerente como es de una próspera fábrica de Manchester. El, el *junker* prusiano disfrazado de *landlord* que, conforme a la mejor tradición patronal, instala en un bonito chalet a la más bonita de sus asalariadas.

No, nada puede ya extrañarnos. Si ahora te escribo es porque estoy convencido de que, con su acostumbrada doblez, estarán haciendo correr toda clase de calumnias sobre nosotros. Tú conoces mejor que yo las dos caras que tu ilustre suegro ha tenido siempre respecto a ti, sus despectivos juicios, las historias que amaña. Por esto, para que tú y, a través de ti, los camaradas de París no caigáis una vez más en la trampa, te hago llegar las presentes líneas.

He aquí las cartas. Según los grafólogos, su escritura corresponde, en efecto, a la caligrafía tanto de Louise Kautsky como de Trotski. Las dudas sobre su autenticidad, los puntos oscuros que mencioné al principio, vienen de otro lado. Del hecho, en primer término, de que cuando Trotski llegó a Londres en 1902, poco después que Lenin, la totalidad de las personas que asegura haber conocido en casa de los Marx estaban muertas. Otra duda importante se refiere a la verdadera personalidad de Pablo Lafargue, en cuyo poder se hallaban estas cartas y acerca del cual nuestro buen profesor de Oxford se teme que sea un drogadicto. Y es que, en 1911, al suicidarse su presunto abuelo Paul Lafargue junto con Laura Marx, carecían oficialmente de descendencia. Claro que Paul Lafargue bien pudo haber tenido un hijo natural, sea en Cuba, sea en cualquier otro lugar. Una cuestión, en último término, carente por completo de importancia.

Diario de un gentleman

Es curioso lo que pasa con algunos nombres. Que no haya forma de recordarlos, si es que alguna vez los hemos llegado a saber. Personas que vamos viendo de vez en cuando, que nos encontramos aquí y allá, en el curso de los años; tipos con los que incluso hemos hablado en alguna que otra ocasión, que tal vez hasta se consideran amigos nuestros, y cuyo nombre, no obstante, desconocemos por completo. Y lo peor es que, en el fondo, ni siquiera nos merece la pena el saber el por qué, esclarecer caso por caso el motivo de tal olvido.

Pues bien: el tipo que subió al tren en Sitges y se instaló en mi departamento, pertenecía a este género de personas. Un tipo que había ido al cole, aunque nunca a la misma clase. Uno de esos que conocemos de vista y con los que nos seguimos tropezando por la universidad, en el bar, en los patios, entre tantas otras personas que estudian otra carrera. Fue por esa época cuando nos encontramos en el tren. Luego aún coincidimos en la mili, siempre en distintas unidades. Por lo que pude apreciar, había ganado mucho en popularidad, en autoridad y en seguridad en sí mismo. O, si se prefiere, invirtiendo el orden, en seguridad en sí mismo, en autoridad y en popularidad. La gente le llamaba Pachá, eso sí que lo recuerdo, y, como para reforzar la significación del apodo, constituía poco menos que una muletilla obligada referirse a él añadiendo que era un tío cachondo. De acuerdo, claro está, con lo que en la década de los cincuenta se entendía por cachondo, una época en la que, oficialmente establecida y generalmente aceptada la finalidad canónica del sexo de las españolas, una turista era codiciada promesa de ligue, de excitante alternativa a la rutina del prostíbulo. Cachondo, en consecuencia, era todo hombre de natural extrovertido y vehemente que experimentase una especie de atracción hacia cuanto de forma directa o indirecta se relacionaba con el sexo, y sólo por extensión, subsidiariamente, sinónimo de tipo divertido. Desde aquel entonces, desde nuestro común paso por la mili, que no hemos vuelto a vernos.

No sé si cuando subió al tren en Sitges y entró en mi departamento, tenía ya semejante aureola y gozaba, en su medio, de semejante prestigio. El caso es que su aspecto era de fatiga: ojeras, traje arrugado, mejillas sin afeitar, y la clásica forma de dejarse caer en el asiento propia del que se ha pasado la noche en blanco. Hasta el acto de reconocerme pareció costarle un esfuerzo, su mirada como escurriéndose bajo el peso de los párpados. Una inglesa, dijo a modo de explicación global. Y aún añadió:

42

¡qué noche! Luego, sonriendo, se dejó poseer por ese sueño apacible y voluptuoso de quien se duerme paladeando un recuerdo placentero; debían de ser cerca de las nueve. Le despertaron los altavoces cuando ya estábamos en Paseo de Gracia, que también era su estación, según comentó con sobresalto. Y, fuese por las prisas, fuese por su aturdimiento, el hecho es que, al recoger nuestras cosas, cambiamos, inadvertidamente, nuestros respectivos periódicos. Así pues, sólo al llegar a casa descubrí aquellas cuartillas manuscritas entre los pliegues de mi periódico, es decir, del suyo, un texto que, a juzgar por su contenido, parecía ser un fragmento de diario íntimo.

Bueno: si yo ni sabía su nombre, mal podía localizarle, y él, más que en el cambio de periódicos, iba a pensar, simplemente, que había perdido las cuartillas. Además, el hecho de que mi curiosidad me impulsase a leerlas, no quitaba que se las guardase, por si algún día me las reclamaba. Y como mi curiosidad se vio satisfecha hasta el punto de que decidí guardar aquellas cuartillas, al margen de que me las reclamase o no, como él no me las reclamó cuando tuvo ocasión de hacerlo, ahora, holgadamente prescrita, desde un punto de vista moral, la paternidad de su contenido, me permito reproducirlas sin mayor rectificación que la de las erratas obvias y una irreprimible tendencia a confundir el uso de la g con el de la j, empezando por la propia palabra Sitges, que él escribía Sitjes. Por lo demás, como el lector tendrá ocasión de apreciar, su prosa era mucho más correcta de lo que en principio cabía esperar; de lo que cabía esperar; de lo que cabía esperar de un tipo como él, quiero decir. De un tipo que empieza por definirse a sí mismo como sibarita.

Soy sibarita en todo. Me gusta saborear lo que es estético. Por eso, lo primero que hice al llegar a Sitges fue darme una vuelta bajo las palmeras de su incomparable paseo marítimo. Después, un buen aperitivo al sol, en la terraza del Gustavo, sin prisas: vino blanco y muchos mejillones, que allí los preparan como en ningún sitio. Total, que cuando ya era hora de comer no tenía ni pizca de hambre. Además, nunca he soportado ajustarme a la rutina de los horarios, como si la vida fuese una especie de guía de ferrocarriles. Pero a la gente le gusta vivir como de acuerdo con una guía de ferrocarriles, y cuando mejor se está en la playa se van a comer, con lo que la playa se queda semidesierta, más agradable todavía. Así es que decidí que había llegado el momento de instalarse y me dirigí a la playa.

La elección del lugar también la hice conforme a criterios estéticos: ante el comienzo del paseo, al pie del incomparable promontorio de la iglesia. Me situé a cierta distancia de la orilla, a salvo de las salpicaduras de los bañistas y de los críos, en un sector bastante despejado. Me desnudé sin preocuparme de si enseñaba o no enseñaba algo al poner- me el bañador; no puedo concebir qué ve la gente de particular en estas cosas. Lo único importante, eso sí, es seguir un orden determinado: zapatos y calcetines, camisa y camiseta, pantalones, calzonci- llos. Nada más ridículo, por ejemplo, que sorpren- der a un tipo ya en bañador y todavía con los za- patos y calcetines puestos. Mi bañador es de punto, amarillo, más bien ajustado, sin extravagancias de ninguna clase, aunque tal vez marque demasiado cuando se moja. El amarillo nos sienta bien a los rubios y, con el bronceado del verano, produce un efecto especial, como si uno fuese el negativo de su propio cuerpo.

Una vez instalado, protegidos mis ojos por unas gafas de sol —los ojos claros son muy sensibles al exceso de luz—, encendí uno de mis cigarros, hacien- do pantalla con las manos. Cigarro, no cigarrillo; corto, suave, pero hecho enteramente de hoja de tabaco, superior, con mucho, a los cigarrillos vul- gares. Fue en este preciso momento, tendido de cos- tado en la arena y encendiendo uno de mis cigarros, cuando la vi por primera vez; nuestras miradas se cruzaron serenamente, por encima de las respecti- vas gafas de sol. De entrada, no sé por qué, me pa- reció que era más bien escandinava. Llevaba un dos piezas verde, con sendos volantes debajo de las tetas y en torno a las caderas. Le acompañaba un viejo, un hombre bronceado por el sol y de cabe- llos blancos, muy bien conservado para su edad.

Acababan de llegar y miraban en derredor, dubitativos, sin duda buscando un sitio que fuese de su agrado. Finalmente, fue ella quien decidió. Cerca, muy cerca de donde yo estaba. Se tumbaron sobre una especie de esteras y, tras bromear brevemente por lo bajo, se sumergieron en sus respectivas lecturas. Yo también hacía como que estaba leyendo el periódico, por más que, en realidad, no les perdiera de vista, atraído por ella como me sentía tras aquel inicial y en apariencia intrascendente cruce de miradas.

No andaba desencaminado. Al poco rato, tras un nuevo intercambio de impresiones, el viejo se levantó, enrolló su estera, le dio un beso en la frente y la dejó sola. Inmediatamente, tres chicos jóvenes, que se hallaban algo más allá, iniciaron una maniobra de aproximación. Aunque bien constituidos, eran de aspecto vulgar, como vulgares y hasta groseros eran sus intentos de llamar la atención de la chica, con comentarios y risas, mirándola descaradamente, arrojando pequeñas conchas marinas en torno a su cuerpo. Moscones, como diría mi hermana. La chica no se daba por enterada, mientras que yo, por mi parte, me mantenía impasible, parapetado tras mi periódico. Pero, bajo esta aparente actitud ensimismada, era perfectamente consciente de que entre ella y yo se iba creando como un mutuo intercambio de fluidos, cada cuerpo como captando la receptividad irradiada por el otro.

Pasado un tiempo que juzgué prudencial —el tiempo jugaba a mi favor—, me incorporé y, muy tranquilo, caminé despacio hacia el agua. Me mojé descuidadamente el pecho, los codos y las rodillas hasta que, con un salto incisivo, me zambullí bruscamente de cabeza; durante varios minutos nadé en semicírculo, dando largas y veloces brazadas de crowl. Al salir, volví con paso elástico junto a mis cosas y me friccioné enérgicamente con la toalla. Cuando dirigí mis ojos hacia ella, me la encontré sentada en la estera, rebuscando en su pequeña cesta de paja.

Cogí mi paquete de cigarros y me acerqué a ella con decisión. Voulez vous goûter mes petits cigars?, le dije al ofrecérselos. Ella me miró con sus ojos enormes, sorprendidos, inocentes. Luego sonrió y, mientras decía algo en inglés, tomó uno de mis cigarros. No french? No, no: english. English? Yes, yes. Yo también me eché a reír. Lástima, domage, dije. I ony speak french, sólo francés; no english. Nunca hubiera dicho que fuese inglesa; era, no sé, como más sensual que la imagen que uno se hace de las inglesas, los ojos, los labios, los abultados pechos. Parecía más bien escandinava, holandesa o incluso alemana. Ahora reía y tosía al mismo tiempo, dándome a entender que el cigarro era demasiado fuerte para ella. Yes, very strong, muy fuerte, dije al tiempo que ella sacaba sus cigarrillos ingleses y yo le daba fuego con mi Ronson.

En esto, se aproximó uno de los tres moscones. Era fornido, moreno, tipo Victor Mature. Oye, chaval, que nosotros estábamos primero, dijo. ¿Y eso qué?, le dije sin parpadear, por más que el sol me daba en la cara. Pues que esto no se hace, chaval, dijo, y se dio media vuelta con sus andares de matón. Seguro que era uno de esos pescadores que terminan por convertirse en gigolós profesionales a fuerza de rondar por el mercadillo, ese sector del paseo donde se dan cita tías viejas —y también tíos— en busca de jóvenes. ¿Y a mí qué me explicas?, le grité aún, mientras volvía a encender el cigarro. Ella quería saber qué pasaba. Nada, nothing, le dije. He is a fishman. Y ante su expresión de extrañeza, me hice entender por gestos, señalando el mar, una barca de pesca y cosas así; fishman, pescador, y acabamos riendo los dos a la vez. Juzgué preferible no explicarle lo del mercadillo.

Seguimos riendo y charlando, entendiéndonos mitad por palabras mitad por gestos, hasta que ella expresó su deseo de volver a casa. Dijo algo de su daddy, de su papá, que no comprendí del todo. Yo también, I also, dije no obstante, y recogimos nuestras cosas. Mientras nos retirábamos, los tres moscones tararearon la marcha nupcial. Volvimos a reír. Y así, en el calor de la improvisación, como respondiendo a una ocurrencia súbita, le propuse cenar juntos. You and me diner tonight. ¿Okay? Esta noche, juntos. Y con el índice la señalaba a ella y a mí mismo alternativamente, y hacía entrechocar el índice derecho con el izquierdo, como emparejándolos. You and me. ¿Okay? Ella asintió con la cabeza, sin dejar de reír. Okay. Okay.

Su apartamento estaba situado en pleno casco antiguo, en una casa remozada con gusto exquisito, respetando al máximo el aspecto de casa de pescadores. Me señaló una pequeña terraza, en la segunda planta. Yo le expliqué por gestos que pasaría a recogerla a las ocho, que ahora me iba a mi hotel, a ducharme, a descansar un poco. Okay, okay. At eight o'clock. Me despedí chasqueando los labios como en un beso y, dando media vuelta, me alejé con paso firme, sin mirar atrás.

A las ocho. Y en aquel momento eran las cuatro y cuarto. Justito, pero con un poco de suerte, tenía tiempo suficiente. Lo primero era comprar una guía de ferrocarriles. Lo segundo, tomar el primer tren para Barcelona. En cuanto al hotel, ya tenía mis planes: El Colibrí. No sabía con exactitud ni dónde quedaba ni cómo era, pero en el bar Gustavo había oído comentar a unos vecinos de mesa, entre detalles contados al oído y contagiosas carcajadas, que allí pasaba de todo; lo que se dice de todo.

En el quiosco de la estación, compré uno de esos libros tipo *El Inglés en Siete Días*, a fin de refrescar mis escasos conocimientos del idioma adquiridos a lo largo del bachillerato. Y, en espera del tren, me senté ante una cerveza helada. Como es lógico, volví a pensar en Olga. Pero, esta vez, más bien divertido: a rey muerto, rey puesto, como suele decirse. Y es que cuando algo se acaba, se acaba. Y no hay que darle más vueltas ni buscarle gusto a la nostalgia. Olga podrá comprobar por sí misma lo poco que me importa, lo rápido que la sustituyo, lo pronto que ha de arrepentirse. En definitiva, de niñas Diagonal como ella las hay a patadas. Y hasta menos pavas y todo. Lo único relativamente original de Olga está en su nombre.

Estación de Sitges, 17,05 h., 6 de junio de 1955.

El Colibrí no era lo que me había imaginado, uno de esos hoteles con amplias terrazas que hay a lo largo del paseo, con vista al mar, a un mar como enmarcado por la silueta incomparable de las palmeras. Tenía terrazas, sí, pero daban a la carretera y a la vía férrea, a dos pasos de la estación. Por lo demás, la habitación y el cuarto de baño eran correctos, y esto era lo principal. Y a la gente que había en recepción no les sorprendió lo más mínimo que yendo solo pidiese una habitación doble.

En Barcelona, todo había ido bien, minuto a minuto, como cronometrado. En casa me limité a explicar que estaba invitado a una puesta de largo, que volvía mañana. Lo que no dio tan buen resultado fue mi recuperación del inglés aprendido en el bachillerato, por mucho que en el tren, tanto a la ida como a la vuelta, me leí el librito de cabo a rabo; alguna palabra, eso sí, pero a la hora de hacer una pregunta me armaba cada vez un lío.

Me pegué una buena ducha y, antes de pasar a recogerla, aún tuve tiempo de tomarme un whisky con hielo en un bar del paseo. Aunque a las ocho en punto me encontraba delante de su casa, ella ya me estaba esperando, acodada en la baranda de la pequeña terraza o balcón. Sonrió radiante y con una seña me indicó que bajaba en seguida. Cuando apareció en el portal yo estaba encendiendo uno de mis cigarros, y la vi aproximarse a través del primer soplo de humo, realmente espléndida, ahora con una falda floreada de amplio vuelo y un chal blanco sobre los hombros, arrebujándose en sus pliegues como para mejor destacar el generoso boqueo de su blusa entreabierta. How do you do?, le dije. Y ella se me colgó del brazo, doblándose de risa, mientras me soltaba una larga parrafada de la que no entendí ni gorda. No obstante, también me eché a reír y le oprimí expresivamente la mano. Ella se soltó con suavidad y, volviéndose hacia el balcón, donde ahora se hallaba el viejo que por la mañana la acompañó a la playa, se despidió con un gesto. Comprendí su intención y, con una sonrisa, hice lo mismo.

Echamos a caminar, los dos riendo como niños. Al doblar la esquina, le propuse tomar un aperitivo, an aperitif. Ella meneó la cabeza, dándome a entender que no, que tenía hambre. Comprendí que para una inglesa era verdaderamente tarde y, conforme al plan previsto, la llevé al Gustavo. Encontramos mesa fuera, al aire libre, y, de entrada, pedí vino blanco frío y muchos mejillones. Luego tomamos ensalada vegetal y parrillada de pescados; y más vino blanco. Seguíamos riéndonos de todo como niños, aunque, sea por los nervios o por lo que sea, yo diría que el vino se me subió más a la cabeza que a ella. Así, no podría asegurar si aquel tipo que nos observaba desde la penumbra del paseo, haciendo movimientos obscenos con la lengua, era uno de los tres moscones de la mañana, el Victor Mature, para ser exactos. Yo le contesté con un gesto similar, y cuando ella quiso saber qué estaba pasando, aproveché para estrecharla más contra mí, para deslizar mi mano por su escote.

Luego la llevé a un montón de sitios. Ella quería bailar y bailamos un buen rato, pero yo procuraba que pasáramos el máximo de tiempo posible en las mesas de atrás, metiéndole mano. La verdad es que nunca he comprendido qué ven de atractivo las mujeres en el baile, qué gracia le encuentran aparte de la de exhibirse, pues lo cierto es que el magreo se practica con comodidad mucho mayor y, sobre todo, más a fondo, metidos en cualquier rincón. Siguiendo mi método habitual empecé por los pechos, y sólo cuando las puntas de ambos estaban tiesas y endurecidas al tacto, pasé a la parte baja. Y ella se me iba entregando según yo progresaba, según centraba más y más mis caricias. Por otra parte, la cosa se hizo tanto más fácil cuanto que, en su falda floreada, sin duda con toda premeditación, lo que en apariencia eran bolsillos resultaron ser bolsillos sin fondo o, si se prefiere, simples aberturas que facilitaban enormemente el acceso manual a los puntos más recónditos. Así, debidamente trabajados, cedieron en su guardia las caras internas de sus muslos, rindiéndose a mis dedos, bajo las bragas, la suavidad del vello, un vello no excesivamente tupido, muy de rubia. Pero ni siquiera entonces cometí la torpeza de precipitarme, y buena prueba de ello es que, cuando finalmente ahondé con mis dedos, su sexo estaba ya perfectamente húmedo y licuado. Abiertos los grandes labios, abiertos los pequeños labios, tras un reiterado recorrido de circunvalación vulva adentro, con insinuaciones de penetración vaginal, alcancé finalmente el centro del centro: el clítoris. Sé por propia experiencia hasta qué punto el clítoris constituye la verdadera clave de las mujeres, hasta qué punto las enloquece el descubrimiento de sus posibilidades, hasta qué punto queda grabada para siempre en su memoria una experiencia de este tipo. Y el de ella, mi blanco, mi diana, se hallaba ya notoriamente erecto cuando fue alcanzado. Sólo que ella, una vez más entre risas, apartó mi mano apenas percibió el contacto.

Por aquel entonces no estábamos ya en el Oliva, sino en algún otro lugar cuyo nombre desconozco; lo que sí recuerdo, es que nos metimos allí por sugerencia mía, ya que, entre los transeúntes, acababa de divisar a nuestros tres moscones de la playa, con sus típicos andares de matón. Y el corte que ella me pegó cuando lo del clítoris, en apariencia inexplicable, sólo me aturdió por un momento, ya que en seguida caí en la cuenta de que, al mismo tiempo que alcanzaba mi objetivo, había intentado besarla. Y, al igual que en anteriores ocasiones, ella había rehuido el contacto lingual. Así pues, cuando lo del clítoris, su rechazo no era un rechazo dirigido a mis manos, sino a mi boca. ¿Y por qué ese rechazo hacia el más convencional de los contactos entre hombre y mujer? La respuesta me vino dada en forma de un fuerte sabor, mitad a cebolla, mitad a ajo, que, desde el estómago, invadió bruscamente mi boca y hasta mis narices. Un sabor que, probablemente auxiliado en su ascenso por los efluvios alcohólicos, no había cesado de repetirme desde que, irreflexivamente, me dejé servir cuantas salsas quisieron servirme con el pescado a la plancha, salsas que ella, por el contrario, con más cálculo, se había guardado bien de probar.

Pedí café y cazalla para los dos y me largué al lavabo. Oriné copiosamente, en parte fuera de la taza del retrete, ya que me sentía algo borracho. Luego me mojé la cara, hice repetidos buches y hasta me lavé el capullo, operación en la que fui sorprendido por la alborotada irrupción de un par de tíos, también medio volados, de cuyas bromas deduje que me imaginaban entregado a otra clase de prácticas.

De nuevo en la mesa, indiqué a la chica que el café y la cazalla había que tomarlos alternativamente, a pequeños sorbos. Ella me dio a entender que la cazalla era buena pero fuerte, que quemaba, y yo dije yes, yes, si bien sus gustos era lo que menos me importaba en aquel momento; lo que me importaba, justamente, era que le quemase, que le abrasase la boca igual que a mí, y que el café disimulara en lo posible aquel maldito sabor a cebolla y ajo. Por otra parte, la combinación tuvo sobre ambos el efecto estimulante de un latigazo. Mientras hundía de nuevo mi derecha en sus bolsillos sin fondo, con la izquierda tomé su mano y la deposité sobre mi bragueta, y ella volvió a reír como una idiota, pero no la retiró. Desgraciadamente, las luces se encendieron y apagaron varias veces seguidas, a modo de aviso de que cerraban. En un dos por tres nos encontramos en la calle, una calle bulliciosa y ensombrecida, casi energuménica, llena de gente que salía de los sitios, cosa que si por un lado hacía difícil advertir la posible presencia de los tres moscones que nos rondaban, no dejaba de facilitar, por otro, el que pasásemos inadvertidos. Volví a extender un brazo en torno a su cintura, atrayéndola con firmeza contra mi cuerpo mientras caminábamos, a punto ya de proponerle que se viniese a mi hotel, cuando ella, como si adivinase mis pensamientos, me propuso subir a su apartamento. Yo asentí, estrechándola todavía más fuerte contra mi cuerpo.

Lo que en cambio no me esperaba era que, a estas horas, a las tantas de la noche, el viejo anduviese todavía despierto, aguardándonos acodado en el balcón. Y ni siquiera me hubiese percatado de su presencia de no haberle ella saludado con alborozo desde la calle, my daddy, mi papaíto, como ella de-

55

cía, obligándome así a saludar también a mí. El viejo, visto de cerca, a la cruda luz del apartamento, parecía menos viejo: flaco sí, pero musculado y de piel curtida por el deporte al aire libre, el blanco de sus cabellos en agudo contraste con la inusitada viveza de sus ojos grises, alegres y oceánicos al mismo tiempo. Me estrechó calurosamente la mano, me hizo pasar al living, me ofreció un whisky con hielo. Y, a todas esas, no paraba de hablar, de decir cosas que yo no entendía, por más que siguiera repitiendo yes, yes, lo mismo que cuando ella le hablaba sin que yo tampoco supiera qué coño le estaba contando, así colgada de su hombro, medio a caballo del brazo del sillón y de uno de sus muslos, los dos riendo llenos de júbilo y yo riendo con ellos. Finalmente, cuando ya me iba, al estrechar reiteradamente mi mano, el viejo me dijo: you are a gentleman, esto sí que lo recuerdo. De lo que no estoy tan seguro es de que ella le llamase realmente daddy. Tal vez le llamó Paddy o Caddy, aunque esto último no tenga demasiado sentido, ya que, si no me equivoco, un caddy es ese chico que lleva los palos de golf.

Salí de la casa con paso decidido, volviéndome únicamente al llegar a la esquina para despedirme con un gesto. Y, efectivamente, como si de una comunicación telepática se tratase, allá estaban ellos, tal y como los había imaginado, en el balcón, moviendo sus manos al unísono, ella recostada contra el pecho de su daddy, Paddy, Caddy o lo que fuera. Doblé la esquina. Me sentía más bien animado; a fin de cuentas no lo había pasado tan mal. Me había dado el lote, como suele decirse; le había metido mano hasta donde es posible meter mano, le había tocado todo lo que es posible tocar en el cuerpo de una mujer. El buen humor, la buena disposición de ánimo me duró hasta el hotel. Probablemente, empezó a truncarse cuando, tras una larga ducha, caí en la cuenta de que había olvidado mi cepillo de dientes, de que no había forma de desprenderse de aquel jodido sabor a cebolla y ajo. Luego, sea que el café me mantuvo desvelado, sea que el ruido de los trenes nocturnos era mucho más crispante de lo que jamás hubiera supuesto, el hecho es que no creo haber podido conciliar el sueño ni por un minuto. Alguien, además, canturreaba en la terraza, a lo largo de la baranda común a varias habitaciones. Incluso llegué a escuchar, en una pausa de silencio, el repiqueteo de unos dedos contra las persianas. Magnolia, cantaba una voz suave, con marcada entonación andaluza : olvida ese beso y olvida mi nombre y búscate un hombre que puedas amar, Magnolia. ¿Alguno de los tres moscones? Porque esta clase de gente va a por todas, apechuga con lo que se les ponga por delante, les da lo mismo un hombre que una mujer. Atisbé por un intersticio: un tipo en albornoz, un marica horrendo que paseaba arriba y abajo, con cara de patata o de viejo chino gordo. Cerré con pestillo la puerta y las ventanas, pese al calor asfixiante. Y sólo renuncié a dormir cuando las primeras luces empezaron a configurar una especie de constelación a través de las rendijas de las persianas.

Estación de Sitges, 7,55 h., 7 de junio de 1955.

Aquí acababa el diario. Cuando pocos veranos después, en la mili, volvimos a encontrarnos, cuando él era más conocido por Pachá que por su nombre y todo el mundo le pedía consejo en cuestiones eróticas y su juicio era reclamado a modo de instancia última a la hora de dirigir polémicas, había olvidado, sin duda, nuestro encuentro en el tren, el perdido fragmento de su diario, su aventura de Sitges. La prueba la obtuve, en un inútil intento de malignidad, cuando alguien, por enésima vez, le dijo que era un cachondo. Pero siempre en plan gentleman, dije yo. Y él se echó a reír y me dio un afectuoso, casi paternal palmetazo en el hombro.

Joyce al fin superado

Confío en que nadie vaya a interpretar el presente texto como un ataque a Stanislaw Lem, un escritor que merece todos mis respetos y al que, en definitiva, debo el descubrimiento de la obra de Hannahan. Sin su ayuda, por casual que parezca, ni siquiera estaría ahora redactando estas líneas que sólo un espíritu malintencionado o sencillamente corto de alcances, puede interpretar de manera aviesa. Mi propósito no es el de polemizar con Lem sino, muy al contrario, el de aportar mis propias consideraciones al caudal bibliográfico que gracias a Lem y a tantos otros exégetas (exégetas mejor que críticos) se ha ido desarrollando en torno a la obra de Hannahan. Si menciono a Lem en primer término es sólo porque a él debo la primera noticia relativa a la existencia de la obra del irlandés.

Hacerme con un ejemplar de la obra ya tuvo en sí mismo algo de novelesco. Inútiles resultaron todos mis intentos de conseguirlo a través de la Librería Francesa de Barcelona; al igual que en el caso de una guía del *Finnegans Wake*, el distribuidor pareció desentenderse de un pedido a su juicio extravagante. Tuvo que ser en Londres, y no precisamente en la librería a la que normalmente suelo dirigirme, debido a la amplitud de su fondo de existencias. O tal vez sí, tal vez también en Foyles la tenían, sólo que no en la sección donde yo había estado buscando. Porque, a pocos pasos y casi sin buscarla, descubrí la obra sobre el mostrador de saldos de una de tantas librerías de la zona. Y, no un ejemplar, sino toda una pila: *Gigamesh*, *Gigamesh*, *Gigamesh*, *Gigamesh*, los que uno quisiera o pudiera llevarse.

La sorpresa inicial se desvanece no bien uno ha leído la novela o incluso antes, apenas iniciado el prólogo. Lo normal es que una obra de las características de *Gigamesh* corra esta suerte, lo mismo, no ya que la guía del *Finnegans Wake*, sino que el propio *Finnegans Wake*, de no ir precedido por el prestigio del autor de *Ulysses*; el mundo literario es así. Y se explica que el volumen de la bibliografía existente, aunque ya considerable, sea insignificante en relación a la magnitud de la novela: el crítico se asusta. Lo que ya encuentro menos justificado es que escritores y críticos de primera fila —el polaco Lem a la cabeza, junto con H. G. Wilson y Scott Durham, por ejemplo— hayan pasado por alto en sus magníficos trabajos tantos aspectos a mi entender fundamentales de la novela, como inhibida su pluma por el gigantesco despliegue de niveles significativos que *Gigamesh* representa. ¿Puede haber influido en ello el hecho de que el propio

Hannahan, con su prólogo de 847 páginas para una novela de 395, se haya convertido en el principal exégeta de sí mismo? Yo me atrevería a responder afirmativamente. No resulta fácil atreverse a enriquecer o modificar con observaciones personales lo ya dicho exhaustivamente por el autor respecto a una obra como *Gigamesh*. Nada tiene de extraño, así pues, que yo mismo me lo haya pensado dos veces antes de desarrollar el presente trabajo, ni que Lem, como Wilson, como Durham, hayan centrado sus respectivos estudios más en el prólogo que en la novela propiamente dicha, ya que esta no parece sino el resultado final del prólogo y no al revés, como es habitual.

Desde un punto de vista estrictamente argumental, la novela recoge los últimos momentos de G. I. J. Maesch, un gángster de temperamento primitivo que, mientras cumple su servicio militar en la base de Norfolk, es condenado a la horca por el asesinato del ginecólogo Cross B. Androids. Es decir: un hombre en capilla con la sombra de una soga como telón de fondo. Pero si el Leopold Bloom de *Ulysses* es al mismo tiempo el Odiseus homérico, Maesch es Gilgamesh, el héroe asirio-babilónico de una epopeya del 2.500 A. C., curiosa mezcla —y antecedente— de Aquiles, Hércules y Adan entre otros. Bien, pero ¿por qué entonces *Gigamesh* en lugar de Gilgamesh? Porque la L es la letra omitida en la medida en que Lucifer es el principal personaje omitido del libro (y Lilith, añadiría yo). La L es ade-

más el principio (Logos) y el fin, **Lacoonte estran-**
gulado por la serpiente (la soga). Las significaciones
del nombre reseñadas en el prólogo, de la palabra
Gigamesh, leída así del derecho como del revés se
remontan a 2.912 en las más diversas lenguas vivas
y muertas; las conexiones de la L omitida son 98.

A partir de ahí, como el lector habrá comprendido, la obra nos remite a la totalidad de lo existente
y, casi me atrevería a decir, de lo no existente (ver
Hora de Poesía n.º 34, p. 14: «lo que significa y lo
que no significa»); en palabras de Lem, «una obra
que contiene todo el bagaje idiomático, histórico y
cultural del universo». Pero no se trata sólo del Mal,
del infierno, como parecen sugerirnos los *graffiti* de
las letrinas de la cárcel. *Gigamesh* es asimismo una
intrincada urdimbre de alusiones de gran trascenden-
cia. Fausto en sus diversas versiones, Nôtre Dame
(con su Quasimodo), la Pasión de Cristo, Roma (es
imprescindible disponer de un plano de la Roma
actual), el Juicio Final, el atentado contra Hitler en
el refugio de Berchtesgaden, las Cruzadas, Giordano
Bruno (Boecio, añadiría yo), Freud, el Arca de Noé,
los albigenses, la quema de brujas, las danzas de
la muerte de Holbein, la música, el símbolo Pi, y
tantos otros que Lem —al igual que Durham y Wilson— desiste de enumerar, como si del propio interminable número Pi se tratase. Y es que, en última
instancia, observa Lem (por encima de todo, diría
yo), hay un gigantesco *game* (juego) inscrito ya en
el título: *GiGAMEsh*. Un juego realizado, añade con

mal disimulada amargura, con ayuda de la casa IBM y de un sistema de computadoras conectadas con los 23 millones de volúmenes de la Biblioteca del Congreso. Y aunque parezca preguntarse (siguiendo a Cherchi y a Halley) si tras todo eso no hay un problema esquizoparanoico, no puede menos que admitir que si *Finnegans* superación de *Ulysses*, es un monumento literario, *Gigamesh*, superación de ambos, no puede ser tenido en menos.

Con lo cual vuelvo al principio: la perplejidad que me produce el que a Lem, como a Ralley, como a Cherchi, como a Wilson, por citar sólo los más importantes exégetas, se les hayan escapado tantas claves y tantos niveles significativos del libro que yo, con un bagaje crítico y lingüístico muy inferior, creo haber captado, desde luego no sin esfuerzo. Y sería un acto de falsa humildad excluir, exculpar de semejante falta a Hannahan, autor de ese prólogo de 847 páginas que en teoría lo explican *todo* acerca de las 395 del texto, ya que tampoco el prólogo del irlandés carece de lagunas.

Así, por ejemplo, el nombre de pila (bautismal) de la víctima, el ginecólogo asesinado, es *Cross*, Cruz, en su sentido cristiano (Pasión de Cristo), detalle que, naturalmente, nada tiene de casual y que el polaco subraya en su prólogo. Pero también es la cruz del protagonista que, como se dice explícitamente «*he... (Maesch)... wears his cross*», carga con su cruz. Mas aún: es la cruz que uno dibuja al santiguarse y que se corresponde con la cruz cardinal, la cruz que uno forma con su propio cuerpo, los brazos extendidos lateralmente, a fin de orientarse sin necesidad de brújula. Arriba, al frente, el N. (eje, guía). Abajo (detrás) el diafragma que separa el tórax del abdomen, el S. A la izquierda, poniente, el ocaso, O. (W en inglés), mientras que el brazo derecho señala el este, E., el sol naciente, el nuevo día. ¿Y cuál es el valor de esa cruz cardinal? Pues ni más ni menos que el de ofrecernos una representación iconográfica de la estructura del libro, a la vez inmóvil y rotativa en el sentido de las agujas del reloj (N. = 12; E. = 3; S. = 6; O. = 9).

Lem y otros críticos han observado, asimismo que Gigamesh leído al revés suena Shemagig. Gig hay que vincularlo a Gog (Papini) y a GIG*olo*, que es lo que era además el gángster. Y Shema corresponde al «¡Shema Israel!» (el ¡Escucha Israel! del Pentateuco). En lo que no se había caído es en que, añadiéndole la «c» omitida, tenemos *Schema* (esquema, el esquema de la obra). La crítica tampoco parece haber caído en la cuenta de que también Israel puede y debe ser leído parcialmente al revés: *Is Lear* (Lear, el rey destronado). Algo similar podría decirse de determinados juegos de palabras y ambigüedades idiomáticas: *engravescent*, por ejemplo, adición o síntesis de *engraving* (grabado), *ingravescent* (engravescente) y *grave* (sepultura). O de *pregnant*, embarazada (la chica de Maesch que fue atendida por el ginecólogo) y, al mismo tiempo, preñado de alcohol (Maesch borracho). De ahí que, perdidos tantos matices, ni tan siquiera haya sido considerada la máxima latina *accommodare corpore vestum*, ya que, en este caso resulta obvio que el vestido es precisamente el cuerpo.

Ni que decir tiene que no todos mis descubrimientos me resultaron tan relativamente sencillos; los hay que me han traído de cabeza durante semanas y obligado a consultar bibliografía de todo tipo. Me refiero, por ejemplo, a lo que para mi buen gobierno terminé por llamar «el enigma de Lewis Elm». ¿Quién es Lewis Elm? El compinche y rival de Maesch, aunque quien lo delató fue ffiddy; el fracasado, el frustrado, el sempiterno perdedor: novillero en España, cronista taurino, piloto de carreras y de lanchas fuera-borda, aviador acrobático, navegante solitario, montañero. Un curriculum rico, sí; sólo que en todo acababa fallando. Pues bien, a este *loser*, a este perdedor nato, Hannahan le dedica dos palabras en castellano a las que hasta el momento, que yo sepa, nadie ha prestado atención: «delgado carrero» (*sic*). Con lo de «carrero» —excluida la acepción «carretero»—, está claro que el irlandés se refiere a su condición de corredor automovilístico («carro» equivale a coche en diversos países hispanoamericanos), de piloto de carreras. ¿Y lo de «delgado»? Desde luego Elm es descrito como un hombre físicamente delgado, pero igualmente cabe en lo posible que Hannahan confunda el valor significativo de «delgado» con el de «fino», o mejor «finolis», otro rasgo que, como a tanto gilipollas maduro de aspecto amariconado, también caracteriza a Elm y, en este sentido, no menos válido en su aplicación. Válido, sí; pero, ¿suficiente? ¿Era eso todo? Pues yo intuía unas cuantas alusiones inexplicadas a las que no podía dejar de darles vueltas y más vueltas. Hasta que opté por adoptar la interpretación que mi instinto me dictaba aunque sólo fuera como hipótesis operativa: Hannahan se estaba refiriendo *además* al asesinato del almirante Carrero Blanco. Una hipótesis que parece haber escapado a todo el mundo pese a las alusiones explícitas que el texto contiene respecto al accidente sufrido por Elm: *the car was blown up in the air* (el coche fue lanzado por los aires). Estas fueron las palabras decisivas que me pusieron sobre la pista: el navegante Elm (almirante Carrero Blanco), pilotando su coche (la nave del Estado), vuela por los aires (el atentado). ¿Eran precisas más pruebas? Pues sí, lo eran, ya que tal hipótesis interpretativa me planteaba un problema de fechas. La traducción inglesa de la obra de Lem (Penguin, 1981), el libro que me permitió seguir el rastro de la novela del irlandés, señala que la edición original polaca data de 1971. En este caso, ¿cómo era posible que un estudio relativo a una obra forzosamente anterior hiciera referencia a un hecho sucedido en 1973? Sólo el recurso a otras fuentes bibliográficas me permitió detectar la errata tipográfica existente en mi edición inglesa de la obra de Lem: la versión original polaca era del 77, no del 71 (un 7 en lugar de un 1: ésta era la errata). Y mi ejemplar de la edición de *Gigamesh* —primera y sospecho que única— está fechada en 1976. Ahora sí que todo cuadraba.

Otro aspecto en torno al «enigma Elm» al que nadie parece haber concedido especial relevancia es el de los nombres de los hampones y compinches tanto de Maesch como de Elm. Empezando por el propio Elm, cuyo nombre finge a veces olvidar Hannahan —nadie imaginará siquiera que la confusión es involuntaria— llamándole Aspen (álamo) y Linden (tilo), evidente alusión esta última a Berlín, como *aspen* a los Países Bajos. El delator Kiddy, por su parte, es llamado *fainted willow*, desmayado sauce, en el relato de su agonía. Todos nombres de árbol, en efecto; un dato que me limito a mencionar, ya que no alcanzo a encontrarle una explicación coherente. Los demás componentes de la banda también llevan nombres que parecen esconder algo, un acto, una cosa, cuyo significado alusivo debo confesar que se me escapa igualmente. Así, Hillock (altozano, lugar elevado), Rivers (ríos o del río), Belvedere, Turned, Savehome, etc. Los nombres de la pareja de proxenetas soplones —Iruam y Arreis— son sencillamente insólitos y faltos, a mi entender, de cualquier clase de resonancia. Caso distinto es el del verdugo Knot (nudo) o el del policía Natow, que lleva el nombre del dios supremo germánico Wotan escrito al revés; peregrina, en cambio —en mi opinión— la alusión a la Nato y a Occidente (W de *West*) que cierto crítico ha creído des-

69

cubrir ahí. En el mismo contexto, cabe señalar la frecuencia con que se repite la palabra *lute*, laúd. Si al comienzo del libro era la jiga, la *giga* italiana (de GIGAmesh), ahora es el laúd lo que se nos propone como instrumento musical por excelencia. Pero, ¿cómo ignorar las casi explícitas referencias a Eleuterio Sánchez, alias El Lute (*melodic jailbird, lute into a cage*), modelo de delincuente que se autorregenera hasta el punto de convertirse en abogado, llegando a inspirar en su día una canción mundialmente famosa?

Las referencias musicales son constantes. Especial entidad —destacada por el propio irlandés— tiene la referencia a una tonadilla musical de 16 tiempos. Lo que nadie, en cambio, ha observado en relación a este detalle, es el hecho de que Joyce sitúe la acción del *Ulysses* un 16 de junio. Ni que el tiempo real de *Gigamesh*, el tiempo que precede a la ejecución, sea de 36 minutos, esto es, un altanero doble 18. Pues si *Ulysses* se compone de 18 capítulos que corresponden aproximadamente a las 18 horas que se prolonga el relato, los 36 minutos de *Gigamesh* valen por esas 18 horas; dos minutos por hora.

Mayor entidad tiene para mí el hecho de haber logrado descifrar el sentido de dos frases que asimismo parecen haber escapado a la atención de otros analistas. Sentido, sí, mejor que significado, ya que, como en tantos otros casos, basta leerlas al revés para que tan extrañas sentencias, que en un principio uno hubiera considerado pertenecientes a una remota lengua primitiva, se vuelvan diáfanas. Así veremos que *rehtona ron fleseno rehtien si elbuod eht* se convierte en *the double is neither oneself nor another* (*double* en el sentido de la persona que dobla a un actor en determinadas escenas; referencia a la relación especular Maesch-Gilgamesh). Y que *Idnum Airolg Tisnart Cis* no es ni más ni menos que la máxima latina *Sic Transit Gloria Mundi*, alusión al carácter efímero de los triunfos que Maesch creía tener en sus manos. ¿Y Gloria? ¿Quién es Gloria sino la esposa de Kiddy y amante de Maesch, una mujer sumida en el mayor desconsuelo ante el destino inexorable de quienes para ella seguían siendo sus héroes? Dos ejemplos no mencionados por el irlandés en su prólogo de 847 páginas pese a que, como es obvio, no son precisamente fruto de la casualidad.

Como tampoco es coincidencia que el prólogo esté compuesto por 36 unidades o subdivisiones interiores. Esto es: una por capítulo. El silencio del autor a este respecto es tanto más llamativo cuanto que esta correspondencia entre capítulos de la novela y subdivisiones del prólogo, propone, de hecho, tres formas de leer *Gigamesh*, cuya elección queda en manos del lector. Lectura A: siguiendo el orden natural de los números: primero el prólogo y luego la novela. Lectura B: invirtiendo ese orden: primero la novela y luego el prólogo, al que entonces habría que considerar epílogo. Lectura C: alternativamente: primer capítulo y primera subdivisión del prólogo, y así siguiendo hasta llegar al 36 (¡el número exacto de minutos del tiempo real de la obra!) En este último supuesto, volveríamos a encontrarnos con el cruce (¡Cross, Cruz!) de dos ejes: diacrónico (la novela) y sincrónico (el prólogo/epílogo).

Más sorprendente aún, en razón de su importancia, es otra premeditada omisión del autor en su famoso prólogo, que afecta al conjunto de la novela desde la primera página hasta la última. Me estoy refiriendo al gigantesco acróstico que forman las primeras letras de cada página, desde la primera hasta la 395, y que no hace sino repetir interminablemente la palabra gigamesh. De izquierda a derecha, claro. Pero es que, de derecha a izquierda, las letras finales forman la misma palabra, que recorre la obra empezando por la parte baja de la última página. Así, abriendo al azar el libro, nos encontramos con una G (de *Gad/get*) y una A (de *away*) si consideramos las letras iniciales de izquierda a derecha. Y una S (de *moths*) y una E (de *trifle*), si consideramos las últimas de derecha a izquierda. Las repeticiones de la palabra gigamesh tanto en un sentido como en otro se reducen pese a su apariencia interminable, a 48, ya que de las 395 páginas solamente son útiles a este efecto 386. Un acróstico, en suma, que se hace patente se abra por donde se abra el libro. ¿Cómo explicar entonces el silencio de Hannahan a este respecto? Especialmente si tenemos en cuenta que el acróstico, de no ser advertido, se perdería irremediablemente no ya en caso de una eventual traducción a otro idioma —imposible en la práctica— sino incluso en cualquier otra nueva edición que no respetase estrictamente la paginación de la primera.

Omisiones como algunas de las señaladas y, más en general, ese prólogo que en teoría, exhaustivo, abrumador como es, lo explica todo, pero —ya lo hemos visto— sólo en teoría, son elementos que sin duda han incidido de forma más bien negativa, diría yo, en la apreciación crítica de la obra. Lo nuevo, lo inexplorado, inspira siempre recelo. A lo que más teme el crítico es al ridículo y, antes que opinar, el crítico prefiere abstenerse de opinar. Las críticas adversas —una crítica adversa es ya una toma de posición— son en realidad escasas. La mayoría de ellas, por otra parte, fueron formuladas antes de la aparición de *Gigamesh*, cuando de la novela no se conocía otra cosa que unos pocos fragmentos publicados en diversas revistas literarias: Hannahan —éste era su común veredicto— pretendía inventar lo que Joyce había ya inventado con su *Finnegans Wake*. El modelo indiscutible de este tipo de reseñas lo tenemos en el ensayo del también irlandés (del Ulster) H. G. Wilson titulado *Defensa de Joyce contra sus discípulos*, que convierte a su autor en el más encarnizado y despiadado detractor de *Gigamesh*; sospecho incluso que lo que los seguidores de Wilson han leído no es la novela sino la crítica de la novela. De ahí que casi todos repitan con

Wilson el juicio que *Finnegans Wake* merecía a Vladimir Nabokov: uno de los fracasos más enormes (o grandes, cito de memoria) de la historia de la literatura. Y que, con palabras similares a las de Wilson, sus seguidores considerasen que Hannahan estaba consumiendo su vida en una empresa inane y disparatada en razón de que el experimento ya había sido hecho y, afortunado o no, volver sobre lo mismo era una tarea que carecía por completo de interés. Esta clase de ataques dejaron de producirse apenas apareció el libro, aunque aun ahora no falte quien se exclame con piadosa hipocresía ante el resultado de esa vasta labor desarrollada pacientemente, patéticamente, por ese febril creador que es Hannahan (pacientéticamente, hubiera dicho él) durante años y años. Por otra parte, tampoco han faltado críticos que criticaran desde el principio este tipo de críticas, argumentando que con tanto novelista mediocre como hay, no veían razón alguna para cebarse precisamente en alguien que se hallaba aplicado a una labor que como mínimo hay que considerar meritoria, incluso al margen del valor de los resultados obtenidos. Y si el tono de los juicios emitidos se ha ido modificando paulatinamente, las descalificaciones globales —mal que le pese al del Ulster— han cesado por entero. Ahora bien: lo decisivo no ha sido el progresivo favor de la crítica que se ha ganado Hannahan, ya que la plena aceptación de una obra de tal envergadura siempre toma tiempo. Lo realmente decisivo ha sido el hecho de que, con la publicación de *Gigamesh* la polémica ha sido obviada: la presunta copia (*Gigamesh*) supera al modelo (*Finnegans Wake*), quedando para Joyce el papel de mero precursor.

Llegados a esta conclusión, me parece no obstante imprescindible establecer una hipótesis explicativa de las numerosas omisiones y lagunas apreciables en las 847 páginas que preceden a la novela propiamente dicha. Pues si tales fallos no son premeditados, no sólo habría que poner en tela de juicio la rumoreada colaboración de IBM en el desarrollo de la obra, sino que es el propio dominio del autor sobre su escritura lo que quedaría en entredicho. Pero, ¿y si son premeditados, puesto que muchos de ellos (el acróstico, por ejemplo) necesariamente tienen que serlo? En este supuesto, si hasta las conexiones significativas no reseñadas por el autor en su prólogo y que sin embargo yo he detectado son voluntarias, la explicación que se impone es otra: el juego, el gran juego (*great game*), varias veces mencionado en el curso de la novela, además de estar inscrito, como ya hemos visto, en el mismísimo título. Un juego que es también una gran broma (*joke*, palabra repetida asimismo con cierta frecuencia): anteponer un prólogo de 847 páginas a una novela de 395 con la pretensión de que en él se hallan contenidas *todas* las claves, cuando la realidad es que sólo contiene *algunas*, logrando así no sólo guiar al confiado lector sino también confundirle. Pues el hecho de que yo haya conseguido detectar alguno de sus triunfos ocultos significa tan sólo que existen muchos más por descubrir, en virtud del mismo principio que convierte a la pepita de oro en mero indicio del filón. Un ejercicio apasionante a cuya práctica invito a todo futuro lector de *Gigamesh*, aunque no sea más que por la fuerza creadora que es capaz de generar, de liberar, en la mente de todo aquel que acepte el juego. Una dinámica germinativa que, una vez cerrado el libro, persiste hasta el aturdimiento en las sugerencias más variadas de la vida cotidiana; algo así como ese tema musical que uno tararea inconscientemente por dentro a la salida de un concierto espléndidamente interpretado. Si ahora me resisto a decir, por ejemplo, que la musa inspiró mi afortunada lectura de *Gigamesh*; no es tanto por no caer en el tópico, cuanto por no dejarme atrapar en la dialéctica asociativa que tal palabra desencadena y que de inmediato me hace pensar en MUSA, una conocida marca de mayonesa, además de, alterando el orden de las letras, en «suma», adición. Y con sólo añadirle otra M, la *summa* latina y, en última instancia, Tomás de Aquino.

Acotaciones

JAIME PIQUET 41. El número 41 de la calle Jaime Piquet no existe. De niño, cuando no sólo existía sino que era mi domicilio, recuerdo que más de un viandante desorientado, que se había recorrido la calle sin encontrar el número que buscaba —invariablemente alguno de los veinte o veinticinco primeros—, al recabar finalmente mi ayuda, recibía una explicación similar, en líneas generales, a la que sigue: la calle Jaime Piquet estaba escindida en dos tramos por el paso del tren de Sarriá y los jardines y huertos de un convento de monjas. El primer tramo pertenecía y pertenece al casco antiguo de Sarriá; el segundo, entre Anglí y Ganduxer, al barrio residencial de Tres Torres. Hacia finales de los años cuarenta, el ayuntamiento pareció renunciar a preservar el mito de la unidad y, conservando la misma numeración, bautizó al segundo tramo de Jaime Piquet con el nombre de Pablo Alcover. Más recientemente, la casa en la que nací y en la que viví cerca de treinta años, fue vendida; derruida y sustituida por un lujoso bloque de apartamentos acerca de cuya estética será mejor no hablar.

Ese fue el escenario central de mi infancia y, en menor medida, puesto que vivieron allí menos años, de mis hermanos mayores. Una medida que discurre en sentido inverso a la edad de cada uno: menor para los mayores, Marta y José Agustín. Para Juan, pese a ser el primero en marcharse —aunque José Agustín y Marta no tardaron en hacer lo mismo—, la importancia de esa casa fue sin duda mayor que para ellos, Juan estaba ya allí cuando yo vine al mundo y, aunque la guerra supuso una solución de continuidad para todos incluso en lo que a la casa se refiere, en 1939 seguía siendo un niño. La condición de escenario predominante de Jaime Piquet 41 en la primera parte de *Coto Vedado* así lo pone de manifiesto. Ahora bien: ¿era la casa tal y como la describe y, sobre todo, eran así el ambiente que allí se respiraba y el carácter de las personas que la habitábamos? A mi entender, no. A mi entender, la visión de Juan viene filtrada por dos hechos fundamentales: el contraste entre la primera época de Jaime Piquet 41 —que yo no recuerdo—, antes de la guerra, cuando vivía nuestra madre, y el Jaime Piquet 41 de después de la guerra, cuando ya no vivía nuestra madre. Y, en segundo lugar, el progresivo deterioro de la casa en sí y de los viejos que en ella vivían, más perceptible cuando uno ve las cosas a saltos, sólo de vez en cuando. Por otra parte, mis propios resúmenes relativos a la marcha de la casa, la síntesis de datos que yo le exponía cuando, por ejemplo, nos veíamos en París, contribuyeron sin lugar a duda a reforzar esa impresión de decadencia.

¿Quiere eso decir que la imagen que ofrece Juan en *Coto Vedado* es errónea y que yo voy a dar la certera? En absoluto. Se trata solamente de *otra* imagen y, sobre todo, de *otra* interpretación. Me niego a considerarme *lector privilegiado* de *Coto Vedado*, ya que esas lecturas privilegiadas no existen. No hay peor lector de una obra, por lo general, que la esposa del autor y sus familiares más próximos, y la especial relación afectiva existente entre Juan y yo y el mutuo aprecio por nuestras respectivas obras no hace sino empeorar las cosas. Así se lo dije a Juan tras leer su *Lectura Familiar de Antagonía*, un largo y por otra parte excelente ensayo sobre mi obra que publicó en la revista *Quimera*, y en el que principiaba por definirse como *lector privilegiado*, toda vez que el hecho de ser hermanos y de cuanto eso conlleva, le daba acceso al sustrato real de determinados episodios, forzosamente ignorados por cualquier otro crítico. El resultado, como era de esperar, fue que la lectura familiar de un libro se convirtió en la lectura familiar de sí mismo. Tanto más cuanto que el concepto de *lector privilegiado* aparece en la propia *Antagonía*, cuando en el capítulo tercero del libro tercero, *La Cólera de Aquiles*, Matilde Moret lo utiliza respecto a la lectura de una obra escrita por ella en su juventud y, como el lector tendrá ocasión de apreciar, esa lectura es *interesada*, *condicionada*, nunca privilegiada; Matilde lee en ella lo que quiere, o mejor, lo que le interesa leer, no lo que cualquier otro lector entiende. Por otra parte, al centrar Juan su atención en determinados aspectos ambientales de *Antagonía* —los que le son familiares; es decir, los cuatro primeros capítulos del primer libro, *Recuento*, fragmentos del noveno y sus respectivas variantes y reelaboraciones presentes en los restantes libros— no sólo le lleva a olvidar las otras nueve décimas partes de la obra, sino también a desenfocar su significado global, a darle la consideración de centro de la composición a lo que no pasa de ser fondo del cuadro. Con todo, dado que el núcleo central de *Antagonía* no es otro que la transformación de la realidad circundante del protagonista en *otra realidad*, la lectura familiar de Juan no deja de ser una ilustración ejemplar del propósito de la obra en la medida en que transforma la realidad *leída*, en otra realidad, la de Juan; exactamente el tipo de lectura que yo quisiera que todo lector hiciese respecto a sí mismo, dondequiera y cuandoquiera que viva.

¿Nos estamos desviando del tema? Sólo a primera vista, pues aunque hayamos empezado hablando de *Coto Vedado* y ahora estemos hablando de *Lectura Familiar de Antagonía*, el lector que conozca tanto el ensayo publicado en *Quimera* como el libro, habrá percibido la estrecha relación existente entre uno y otro, anticipo el primero —diríase— del segundo. Incluso la documentación gráfica, válida tanto para uno como para otro: la madre y la casa de Jaime Piquet 41, es decir, Pablo Alcover 41, cuando, ya deshabitada, se hallaba pendiente de derribo. Pero, ¿fue siempre así, tal y como aparece en las fotos, acorde con la huella no menos lúgubre que sin duda ha predominado en el recuerdo de los cuatro hermanos? De oír a María Fernández, mi ama de cría, una leonesa del Bierzo con esa memoria inteligente que en determinadas personas suple con creces el hecho de no haber ido a la escuela y con la que hablé no hace mucho al respecto, habría que pensar todo lo contrario. Claro que entonces, aparte del ama, nuestra madre contaba con dos chicas de servicio para llevar la casa. Pero si el hecho de ese contraste —el Jaime Piquet 41 de antes de la guerra y el de después— me parece importante en relación a la casa, más importante todavía me parece la interpretación de los acontecimientos y, en especial, del carácter de quienes allí habitaban junto a nosotros, junto a los cuatro hermanos —el padre, el abuelo, Eulalia— toda vez que el ambiente de la casa, más que de su mera materialidad como escenario, era producto de una serie de tensiones y conflictos de muy diversa índole. Y es en la interpretación de esos conflictos y en la del carácter de esas personas en lo que mi opinión difiere de la de Juan, como probablemente diferiría de la de cualquier otra persona que se creyera capacitada para opinar, ya que la clave de toda interpretación se halla tanto en el sujeto interpretante como en el objeto interpretado. En la medida en que *Coto Vedado* no es una obra de ficción sino un texto autobiográfico y en la medida en que la casa de Juan es en definitiva mi casa, su familia mi familia y su infancia se corresponde parcialmente con la mía, me ha parecido necesario exponer aquí las principales discrepancias interpretativas respecto a determinados hechos. No hacerlo supondría asumir, *por extensión*, una carga biográfica que yo no acepto como propia. No se trata, así pues, del análisis literario de ese excelente texto que es *Coto Vedado*, ni de un análisis basado en mi presunta posesión de determinadas claves, sino, pura y simplemente, de un contraste de recuerdos y conclusiones que no concuerdan con los míos.

Los puntos de desacuerdo, inexactitudes, e interpretaciones a mi entender equivocadas, son tantos, que para reseñarlos necesitaría escribir un libro de extensión similar a la de *Coto Vedado*. Pero tal esfuerzo, ni me apetece, ni creo que merezca la pena; en muchos casos, simples cuestiones de detalle, nimiedades. Puntualizar, por ejemplo, que el cuchillo que dejó en casa el soldado desertor Beremundo Salazar, no era de campaña, sino de cocina, inoxidable, de mango amarillo. O que el azúcar que Juan y yo descubrimos en el Archivo de la Corona de Aragón, nos lo llevamos a casa en un cazo esmaltado de color rojo inglés, y que en modo alguno nos acompañaba la sirvienta, María Cortizo; por cierto que en una de esas correrías por el jardín de la casa en la que se hallaba el Archivo, tal vez salvé la vida de Juan y la mía propia al decirle que no recogiera un extraño catalejo que encontramos bajo un cedro, ya que bien podía tratarse de una bomba de mano. O que la María Cortizo, cuyo recuerdo hace que Juan se sienta tan culpable, era una especie de bruja —la condición de asalariado no supone necesariamente una patente de corso— que aprovechaba la imposibilidad legal de despido, vigente por aquel entonces, para no dar golpe; de ahí que, tras la muerte de la madre, tuviéramos que contratar a la ogroide Josefina Ton a fin de que cuidase de nuestro padre. O que el bolso de la abuela no era de hule sino de charol, un tanto deslucido, si se quiere. O que en casa nunca se apagaron las luces para ahorrar dinero; aparte de las restricciones eléctricas que hubo durante algún tiempo, el único que permanecía a veces tendido a oscuras en su cama, escuchando los conciertos que daba la radio, era nuestro padre, por la simple razón de que estaba a gusto así. O que los conejillos de Indias que teníamos eran prolíficas mascotas, no una fuente adicional de proteínas para nuestros estómagos; fueron exterminados en una noche por las ratas, o tal vez por unos gatos, nunca quedó del todo claro. O que los muebles que Juan y yo destruimos a golpes de hacha y martillo en el trastero, ni eran nuestros ni eran valiosos, simples restos del mobiliario abandonado por los inquilinos republicanos que habían utilizado la casa durante la guerra; conservamos, eso sí, tres mesillas de noche de corte cubista. El desacuerdo se extiende, asimismo, a muchos aspectos de la segunda parte: apreciaciones, valoraciones de tal o cual amistad, de tal o cual hecho. Pero se trata de aspectos que atañen a Juan y a esas amistades, no a mí. Y las inexactitudes e imprecisiones —como lo de irse teóricamente a Calafell con Monique, invitado por Carlos Barral, excusa que yo venía utilizando desde 1956 para encubrir mis escapadas, a la que tal vez él se acogió frente a nuestro padre, a mi modo de ver innecesariamente— son, en definitiva, irrelevantes. En estas páginas, así pues, pienso ceñirme exclusivamente a cuanto atañe a las tres figuras centrales de nuestra infancia, a saber, nuestro padre, nuestro abuelo y la gran ausente, nuestra madre; a ellos se limita el campo aquí acotado. Un abuelo que no era el taimado pederasta que bien pudiera deducirse que fue a partir de la lectura de *Coto Vedado*; un padre que tenía bien poco de tirano; y una madre para siempre joven, inteligente y bella, que, de haber seguido viviendo, sin duda nos hubiera dado una educación mucho más estricta que la que pudo darnos nuestro padre.

LA SOMBRA DEL ABUELO. El regreso a Jaime Piquet 41, después de la guerra, lo hice de mano del abuelo; a juzgar por la clase de fruta que él había comprado para tomar el tren —ciruelas— eso debió de ser en el verano de 1939. Es posible que la abuela y Juan nos acompañaran, pero yo no lo recuerdo. Recuerdo a Juan, en cambio, mostrándome toda la casa en compañía de José Agustín y Marta, una casa que ellos recordaban perfectamente y que a mí me llenaba de maravilla, tan distinta de la que acababa de abandonar en Viladrau. Me impresionaron especialmente determinados armarios empotrados, que yo creía puertas de acceso a misteriosas habitaciones, y las edificaciones construidas durante la guerra en el fondo del jardín, ahora llenas de trastos. Por lo demás, las paredes estaban recién pintadas y empapeladas, el parquet encerado, y sólo las grandes baldosas blancas y negras, de dibujo ajedrezado, que cubrían el piso de corredores, vestíbulo, comedor y salón, conservaban las melladuras propias del uso —alojamiento de brigadistas y oficina dependiente del mando aéreo republicano— que se había dado al edificio durante la guerra. Nuestro piso, en realidad, era uno de los tres —letra A— en que se hallaba dividido el edificio, una especie de palacete de inspiración francesa, a mitad de camino entre un chalet —cada piso tenía su jardín— y una casa de pisos. Ignoro cómo era la casa de la calle Raset en la que habían nacido mis hermanos, pero todo parece indicar que Jaime Piquet 41 era más confortable. La razón que nuestro padre daba respecto a la mudanza —ubicable a mitad de camino entre el nacimiento de Juan y el mío— se centraba en la inseguridad de la otra zona: pero ambas casas se hallaban apenas a diez minutos a pie una de otra —en la Bonanova aquélla, en Tres Torres ésta— y cuesta creer que la inseguridad aumentase tanto en tan corta distancia. Yo me pregunto si la razón —consciente o inconsciente— no sería más bien de orden psíquico o, si se prefiere, emocional. Me refiero al primogénito muerto, Antoñito, al que nuestros padres tal vez aún veían jugando en el otro jardín. Antoñito había muerto de meningitis tuberculosa a los ocho años, aproximadamente cuando nació José Agustín. La evocación del hecho fue para mí algo siempre muy remoto, relegado además a un segundo plano, ya que no olvidado, por la presión de tragedias más próximas. Pero estoy convencido de que para mis hermanos fue un hecho crucial que les marcó profundamente. Hasta el sentimiento de culpa común a ellos tres, aunque diverso en su manifestación, podría tener ese origen: la respuesta interior de cada uno de ellos —diversa también según la edad— cada vez que escuchaban en boca de los padres el elogio de un primogénito elevado ya irremediablemente a la categoría inalcanzable de un príncipe; la culpa suscitada por esa inconfesable respuesta interior y más todavía por las no menos inconfesables reacciones de rechazo hacia quienes así hablaban.

Durante aquellos años en Jaime Piquet 41 tuve una relación mucho mayor con la abuela que con el abuelo. La abuela me acompañaba al parvulario, me compraba helados, caramelos y tebeos y, de nuevo en casa, obedeciendo mi más bien tiránico requerimiento, me leía en voz alta diversos cuentos y novelas. Yo empezaba a saber leer, pero ella lo hacía más deprisa y yo no le permitía que se saltase, como a veces intentaba, un solo párrafo. Al abuelo lo veía fundamentalmente a las horas de las comidas, regresando de misa con la abuela, leyendo el periódico en la salita o, si el tiempo era bueno, en el jardín. No obstante, mis hermanos me informaron de inmediato, llenos de júbilo, de los acontecimientos: las tendencias sobonas del abuelo, sus aproximaciones a Juan, la subsiguiente bronca de nuestro padre, etcétera. Y, poco tiempo después, los abuelos empezaron a irse a dormir a la habitación que habían alquilado en una villa vecina. ¿Consecuencia de las aproximaciones del abuelo a Juan? Imposible saberlo, ya que en todo caso los abuelos hubieran tenido que irse tarde o temprano; siempre habían vivido en su propia casa y, si después de la guerra se vinieron con nosotros, supongo que fue a modo de solución transitoria. La realidad era que necesitábamos una habitación más, que hasta entonces yo había dormido en la habitación de Marta, y Juan y José Agustín en sendos camastros improvisados en el despacho. Por otra parte, si el abuelo hubiera querido seguir sobando a Juan, no le habrían faltado ocasiones, pues tanto él como la abuela se venían a desayunar a casa y no se iban hasta después de la cena. A partir de entonces, los tres hermanos pasamos con nuestras respectivas camas a la que había sido habitación de los abuelos. Y, cada noche, la esperada batalla de almohadas: José Agustín era Italia, Juan Francia y yo Inglaterra, una elección que hoy casi parece basada en afinidades profundas y que, de hecho, seguramente lo es.

Pero, ¿qué había hecho el abuelo? Han pasado 42 años y lo más probable es que ahora ni el propio Juan lo sepa con exactitud. Los recuerdos se entrecruzan, se superponen, se funden, se mezclan a cosas que nos han contado o que hemos imaginado, especialmente al filo del momento de conciliar el sueño. Yo tengo recuerdos similares en relación a la sirvienta que habíamos tenido en Viladrau, recuerdos que tanto pueden ser ciertos como inducidos por la historia que José Agustín contaba en este sentido refiriéndose también a ella. Pero si la fiabilidad de los recuerdos es relativa, hay datos, hay hechos ajenos a ese recuerdo, que pueden ayudar a reconstruir lo sucedido. Lo seguro es que, de haberse tratado —como puede desprenderse del relato— de una iniciación sexual, la reacción de nuestro padre hubiera sido fulminante, y conste que por iniciación sexual entiendo, por ejemplo, las prácticas tipo exploración médica a las que por aquel entonces yo me entregaba sobre un montón de algarrobas con un niño y una niña de Torrentbó. Téngase en cuenta, por otra parte, que en aquella época Juan no dormía solo sino, como ya he dicho, junto con José Agustín en esa habitación de paso que llamábamos *el despacho*. Y que, si Juan tenía entonces 12 años, el abuelo tenía 75. Y que nuestro padre difícilmente hubiera permitido, sólo dos años más tarde, que Juan y yo, que por primera y única vez habíamos suspendido las matemáticas —yo de ingreso, Juan de tercer o cuarto curso— abandonáramos Torrentbó y nos viniéramos a Barcelona a preparar los exámenes durante el mes de agosto en compañía de Eulalia y a cargo de una especie de pederasta compulsivo. Recuerdo, por cierto, la bronca que me pegó el abuelo —también por primera y única vez— la víspera del examen, al descubrir que me había pasado la tarde con unos amigos en la Fiesta Mayor de Gracia. ¡Gandul! ¡Eres un gandul!, recuerdo que me repetía con una para mí inédita furia. Y llevaba razón: siempre he sido muy perezoso para las cosas que no me interesan. Pero el dato que más le sorprendió a Juan la última vez que hablamos de todo eso, fue el de las respectivas edades que el abuelo y él tenían entonces. Enfrascados en la conversación, no advertimos lo que Abdelhadí y también María Antonia y uno de mis hijos captaron al instante, camino de un restorán libanés: la mirada de profundo reproche con la que una señora que se cruzó con nosotros castigó a María Antonia al verla caminar cogida de la mano del hijo, un hijo que no se le parece, rubio y de ojos claros: qué descaro el de ésta, paseando así a su gigoló, decía la mirada aquella.

En cualquier caso, la reacción de nuestro padre fue de carácter reflejo, ya que sin duda esperaba pillar al abuelo en algo así desde hacía tiempo. Y es que el verdadero escándalo tuvo lugar unos veinte años antes, cuando el abuelo tenía cincuenta y tantos. Una confusa historia entre el abuelo y uno de sus sobrinos por parte de la abuela que, iniciada en las playas de la Barceloneta, por aquel entonces impolutas, terminó en la comisaría tras un pequeño tumulto. De allí acudió a sacarle nuestro padre, quien no podía dejar de exclamarse ante el recuerdo de la afable tranquilidad con que le acogió el abelo. Pero el hecho es que lo que para nuestro padre constituía una vergüenza que afectaba a toda la familia, los familiares de la presunta víctima no parecían pensar lo mismo, y tanto ellos como el propio sobrino siguieron tratando al abuelo con absoluta normalidad. ¿Qué había pasado exactaguntarle al respecto. Pero pienso que todo lo que era mente? Otra respuesta imposible de saber, ya que el sobrino ha muerto y yo nunca me atreví a precandidez en las madres victorianas encantadas de que el reverendo Ch. L. Dodgson sacase fotografías artísticas de sus hijas, se había trocado, ya por aquel entonces, en una sensibilidad exacerbada acerca de cuanto sonase a pederastia, y en este caso concreto, concluido sin cargos, ni denuncias, ni recriminaciones familiares de ningún tipo, tal vez la policía salvó al abuelo de ser linchado.

Desde luego que a don Ricardo, como le llamaba el resto de la familia, se le iluminaban los ojos ante cualquier niño o niña, y se le siguieron iluminando toda su vida. Tras la muerte de la abuela volvió a vivir enteramente en casa, donde habíamos ganado espacio a costa del salón, y, según se fueron marchando Juan, José Agustín y Marta, le fui conociendo mejor. En la conversación, a la que acabo de referirme, que tuve con Juan, éste me recordó la atracción que experimentaba el abuelo sobre un amigo mío del parvulario. Cuando venía a jugar a casa, el abuelo le sujetaba por los hombros y le palmeaba la barriga: pancheta, pancheta, pancheta, decía. Hasta que una voz, como venida de lo alto —¡Deje a los niños jugar en paz, abuelo! —acabó con sus efusiones. Es una historia real, y si no la he olvidado será porque no dejó de sorprenderme la brusca intervención paterna. Por lo demás, no recuerdo el más mínimo intento de aproximación del abuelo ni respecto a mi persona ni respecto a nadie. Los viejos, o las personas que a los niños les parecen viejos, suelen ser sobones, manosean y besuquean a los niños y niñas como si intentaran recuperar vitalidad mediante el contacto con sus pequeños y tiernos cuerpos; recuerdo perfectamente lo mucho que me fastidiaba esa costumbre, sobre todo si se me pedía además corresponder con un beso en la mejilla empolvada de alguna señora. Pues bien, debido tal vez a que temía ser mal interpretado, el abuelo nunca sobrepasó los límites más habituales. ¿Los había sobrepasado alguna vez sin que nosotros lo supiéramos, antes incluso del incidente con el sobrino? ¿Algo que tradujera esos impulsos en una verdadera conducta sexual? Ninguno de nosotros posee datos que permitan aventurar una respuesta positiva o negativa. Y hay a este respecto una importante inexactitud en *Coto Vedado*: me refiero a la reacción desgarrada del abuelo tras una presunta lectura de la novela de Monique Lange *Les Poissons Chats*, a la confesión de homosexualidad que según se cuenta en ese pasaje de *Coto Vedado*, me hizo entonces el abuelo. Y eso no es cierto: el abuelo jamás me hizo alusión alguna a nada semejante. En nuestra última conversación, Juan se sorprendió al saberlo. Y, examinando hechos y fechas, llegamos a establecer una posible explicación del malentendido. Pues, si por una parte, yo ignoro si el abuelo leyó o no leyó *Les Poissons Chats*, aunque más bien me inclino a dudar que a sus 92 ó 93 años el abuelo entendiera el francés parisino de la novela, por otra, es cierto que fui

94

testigo de una reacción desgarrada del abuelo, y sin duda así se lo conté a Juan. Sólo que el motivo de esa reacción, de unos sollozos de los que ni antes ni después volví a verle víctima, fue la lectura de otro libro, *Campo de Sangre*, de Max Aub. Por más que la novela tratase de la guerra civil, lo seguro es que el abuelo no esperaba encontrarse de buenas a primeras con una detallada descripción del bombardeo en el que había muerto su hija, es decir, de la llamada *bomba del Coliseum*. ¿Y su presunta confesión de homosexualismo? Un cortocircuito producido por otra historia, carente por completo de relación con el abuelo. En lo que a su sexualidad se refiere, nos encontramos ante una opción: o bien había realmente en él una pederastia reprimida durante toda su larga vida y saldada con dos penosos incidentes, o bien esa tendencia se reducía a una inocente y mal interpretada necesidad de acariciar niños y niñas. No sabría decir, realmente, cuál es la alternativa que resulta más triste.

Con los años, sus expansiones, su tendencia a las expansiones afectivas, sea cual fuere su verdadera índole, se fueron apagando a la par que el tono vital. Lo recuerdo, predominantemente, leyendo al sol en el jardín, a prudente distancia de nuestro padre, recogido sobre sí mismo como una tortuga, presencia ya familiar a los pájaros y las lagartijas. O bien esperando pacientemente en un sillón la hora de las comidas, excesivamente saludables sin duda para su gusto. Pero esa disminución en el tono no aplacó en modo alguno la aversión que nuestro padre le profesaba. Al contrario: se diría incluso que se acrecentó según el número de años de forzada convivencia con el abuelo superaba más y más la duración de su vida conyugal, terminada brutalmente el 17 de marzo de 1938. Para nuestro padre, persona de mentalidad analítica y serena, pero emocionalmente siempre sobre ascuas, la mansedumbre del abuelo, lo que la medicina antigua hubiera calificado de temperamento linfático, constituía una prueba irrefutable de insensibilidad y escasa hombría. Dos modos de ser, dos caracteres en verdad incompatibles. Si al abuelo le asignáramos, por ejemplo, el color azul, a nuestro padre habría que asignarle el rojo, y es sabido que la combinación de ambos produce el morado, color de penitencia.

LA FIGURA DEL PADRE. El retrato de nuestro padre que Juan ofrece al lector en las primeras páginas de *Coto Vedado* tiene bastantes puntos de contacto con la *imagen del padre* hecha célebre por otros escritores, especialmente a partir de la publicación de diversos estudios de Freud: un hombre inflexible, despótico, intolerante. Luego, según pasan las páginas, el propio relato desmiente esa primera imagen, y los presuntos actos de tiranía no aparecen, de hecho, por ninguna parte, cosa que ya se ajusta más a la realidad. Nos educó en colegios religiosos y nos llevaba a misa los domingos por la mañana; pero cuando cada uno de nosotros —yo todavía colegial— empezó a decir que iba a ir a otra iglesia o a la misa de otra hora, lo creyera o no, lo aceptó sin rechistar; yo descubrí que Juan tampoco iba a misa cuando nos encontramos casualmente en el mercado de libros de segunda mano del mercado de San Antonio a una hora en la que, teóricamente, se hallaba en misa. Pero no recuerdo que nuestro padre nos impusiera nada ni nos prohibiera nada y, cuando empe-

97

cé a salir de noche, nunca pasó de aconsejarme que procurase no volver demasiado tarde. La única vez que se le escapó un guantazo fue en Torrentbó, una mañana en la que, inquieto por la tardanza del coche en el que debía llegar alguien, probablemente Marta, acudió presuroso a la puerta ante los gritos de José Agustín. ¡El coche! ¡El coche!, anunciaba éste. Le recuerdo escrutando en vano el primer tramo de carretera que se divisaba desde la casa. ¡El coche no viene!, gritó entonces José Agustín, sin caer en la cuenta de lo sensibilizado que nuestro padre estaba respecto a las esperas inútiles. Y le voló el guantazo.

Mi recuerdo más antiguo de su persona corresponde al de un hombre enfermo, un hombre que tras casi dos años de cama empieza a levantarse con un pulmón menos; una imagen que se superpuso para siempre a cualquier otra. Ni siquiera es preciso comparar sus fotos de esa época de convalecencia con las tomadas antes de la guerra. Las fotos de cuando se casó, o de cuando ganó una copa en la travesía a nado del puerto de Barcelona, o de cuando montó una próspera industria de productos orgánicos tales como piensos, colas y abonos. Mientras iba comprando a sus hermanos la casa de Torrentbó en la que había nacido, hizo construir, a manera de verdadero núcleo aglutinante de la familia, un magnífico chalet en el barrio del Golf de Puigcerdá; acabada la guerra civil, lo vendió por una cantidad ridícula con tal de no volver a verlo. Razones similares, en definitiva, a las que le habían hecho pedir a Julia Santolaria llamarla Eulalia; demasiado duro tener en casa una Julia que no era Julia. Y es que, más que la enfermedad, era la desgracia impalpable lo que ensombrecía su persona no menos que el ambiente que se respiraba en la casa, en Jaime Piquet 41 : la muerte de Antoñito a causa de una meningitis tuberculosa, contagiado, al parecer, por Ramón Vives, tío abuelo por línea materna, muerto pocas semanas antes, la muerte de su mujer, la muerte de sus hermanas María y Magdalena; la muerte de tía Consuelito, única hermana de nuestra madre, así como la de la abuela, todo ello en un breve período de tiempo. De ahí que el recuerdo de Jaime Piquet 41 que sin duda predomina en los cuatro hermanos sea esencialmente lúgubre, dominado por el cansancio de vivir del padre y, sobre todo, por la ausencia de la madre; no puede hablarse, en cambio, de dificultades económicas, como parece deducirse de la lectura del texto de Juan. Si la casa tenía una apariencia más bien caótica y destartalada, debido principalmente a un exceso de muebles, y si nosotros no íbamos todo lo elegantes que hubiera sido de desear, no era por falta de dinero. En aquellos tiempos, la fábrica todavía marchaba bien, el abuelo contaba con el alquiler de dos casas de pisos y los dividendos de un buen número de acciones y obligaciones. Y si durante unos meses los tres chicos anduvimos con la cabeza rapada, no fue porque la miseria nos impedía ir al peluquero, sino porque —medida profiláctica radical— hubo una epidemia de piojos y, más concretamente, del llamado *piojo verde*, causante del tifus exantemático. Más aún: contábamos con un bien inapreciable en tiempos de hambre: una finca rústica que nos proveía de toda clase de verduras, pollos, huevos, conejos, harina y productos derivados del cerdo. Beneficios un poco sórdidos, eso sí, puesto que al llegar a Barcelona pasábamos sin declarar, como de contrabando, el jamón que llevábamos en la maleta, y estaba prohibido no entregar a los organismos oficiales la totalidad de la cosecha de trigo. Pero nadie tiene escrúpulos en este tipo de circunstancias y, con la harina prohibida, Eulalia elaboraba pan en casa, a manera de complemento alimenticio del miserable pan de racionamiento de tercera, que era el que correspondía a las familias acomodadas, es decir, las que tenían a su alcance esta clase de soluciones.

Como hombre negado para los negocios, cuantas iniciativas emprendió nuestro padre en sus últimos años terminaron inevitablemente en descalabro, presa fácil para el primer embaucador que, advirtiendo su condición de persona de creencias católicas y de derechas, se ganara su confianza a partir de tales presupuestos. Y así, una tras otra, se fueron esfumando las acciones cotizables en bolsa que poseía, y una de las dos casas de pisos del abuelo. La otra, no obstante, se liquidó sin que él ni el abuelo interviniesen para nada en la operación; la idea era que José Agustín entrase a trabajar en una editorial que parecía de gran porvenir y que los hermanos dispusiéramos de un buen paquete de acciones. El edificio de la calle París fue vendido y cada hermano guarda todavía unas doscientas y pico de cartulinas estampadas que valen su peso en papel. Posteriormente aún hubo que vender un chalet situado en Pedralbes, y ese mecanismo fatal de tener que ir liquidando el patrimonio porque las rentas ya no alcanzan a cubrir las necesidades, sin duda que asimismo contribuyó a incrementar en Juan la impresión general de ruina.

Caso muy distinto es el de sus investigaciones, ya que si de algo pecó fue de haberse anticipado a su época. Habló de investigaciones y no de inventos, ya que está fuera de duda que lo que investigaba había sido ya descubierto o estaba en vías de serlo en otros países del mundo. Pero sus estudios sobre las múltiples aplicaciones de la soja o sobre la inoculación de un determinado tipo de bacteria en las semillas de algunas leguminosas, cuyas raíces, cargadas de nódulos, además de hacer alcanzar a la planta un mayor desarrollo y producción, enriquecían la tierra fijando el nitrógeno del aire, son cosas que en España, a finales de los años cuarenta, sonaban a extravagancia, pero que ya no le sonarán tan raro al actual Ministerio de Agricultura, que conoce bien nuestro déficit de soja, ni a un simple estudiante de agronomía, a juzgar por los programas de estudios de la universidad de Columbus, Ohio, que visité la pasada primavera. También escribió diversos artículos, entre divulgativos y especulativos, para una revista vinculada al Instituto Químico de Sarriá, regido por los jesuitas; mientras su temática se refirió a la fotosíntesis y a lo que él entendía por ciclo vital, no hubo problema, pero a la que se refirió a la evolución, su artículo no sólo fue rechazado sino que se le prohibió publicarlo en cualquier otra revista debido a su peligrosa aproximación a las teorías de Teilhard de Chardin. En cuanto a lo que Juan denomina sus *descubrimientos*, yo creo que más apropiado sería hablar de *entretenimientos*, cosas de un hombre que no sabía estarse sin hacer nada. Así, el fijapelo elaborado a partir de pulpa de chumbera, que efectivamente experimentó en sus blancos cabellos, con el resultado de darles un curioso toque *punk*. Yo no sé si lo probó también con Juan; conmigo, desde luego no. La coloración verde que Juan recuerda, más bien era debida, diría yo, justamente al fijapelo *Lucky Strike*, ya que, puesto en exceso, al secarse, terminaba por abrir la lisura del peinado de modo similar a como la levadura agrieta la masa de pan, sólo que en un verde pegajoso; recuerdo este efecto en otros compañeros de curso que nada sabían del fijapelo de chumbera. Y la *pintura nogalina* no era sino un sucedáneo doméstico de un producto más que inventado, pero acaso excesivamente caro o difícil de hallar en el mercado por aquel entonces. Ni qué decir tiene que lo mismo sucedía con sus yogurs, unos yogurs hechos en una pequeña yogurtera que

102

era respecto a las yogurteras actuales lo que las neveras de hielo eran respecto a las de frío seco; en Torrentbó teníamos leche de vaca, y nuestro padre confiaba más —probablemente con razón— en el yogur hecho en casa. El último de sus entretenimientos fue la pintura: cuadros pintados sobre planchas de plástico y con pigmentos también plásticos obtenidos disolviendo cajas de pastillas de regaliz, pequeñas cajas en forma de hostiario cuyo color variaba según la remesa. El interés de experimento, según él, residía en conseguir cuadros que resistieran la intemperie. Y así fue: los tuvo colgados en la pared exterior del garaje durante años y lo único que no aguantó fue la madera de los marcos. Para un psicoanalista, en cambio, el interés hubiera residido en aquellas imágenes *naïf* de animales salvajes, terriblemente sangrientas y sombrías.

Ignoro si nuestro padre conocía el pensamiento de Maeztu, ya que, si bien leía tres periódicos cada mañana, así como obras de carácter científico, nunca se sintió atraído ni por la narrativa ni por el ensayo. Pero, como Maeztu, era católico, de derechas y germanófilo; esta última filia se hundió en un apesadumbrado olvido cuando, acabada la guerra, se supo la realidad de la Alemania nazi. Como para tantos otros germanófilos de siempre —había ampliado estudios en Alemania—, conocida esa realidad, el ideal hubiera sido que los aliados hubieran dejado que Hitler y Stalin se destrozaran mutuamente. Frente a esas filias, sus fobias. No a Cataluña ni

103

a los catalanes —hablaba catalán mejor que cualquiera de nosotros— sino al separatismo catalán, como en aquella época se llamaba a lo que ahora se denomina independentismo; una aversión que superaba con mucho a la que pudiera sentir por el comunismo. ¿El motivo? Buscando causas ajenas a todo razonamiento —las fobias tienen poco de racional—, se me ocurre pensar en la independencia de Cuba, en el impacto que pudo causar el hecho al niño que era entonces en una casa donde la noticia por fuerza tuvo que ser acogida como un verdadero desastre.

En contraste con tal aversión hacia el separatismo catalán, su identificación con todo lo vasco. ¿Consecuencia del mito creado en torno a nuestro bisabuelo, el fundador de la dinastía? Yo diría que no, que el bisabuelo era tan sólo un factor más —tal vez paradigmático— del orgullo de sentirse vasco que le dominaba; su viaje a Lequeitio de recién casado tuvo, en ese sentido, algo de ritual. Para él, ser vasco era sinónimo de honestidad, carácter fuerte y alteza de miras. Entrando en el juego de las hipótesis incomprobables, similares a las de preguntarse ahora si los hermanos hubiéramos escrito en castellano de no ser por el franquismo, me atrevería a afirmar que así como en la realidad su pensamiento era próximo al de Maeztu, de haber tenido treinta años menos y haberse educado en el País Vasco, ahora sería tal vez un miembro modélico del P.N.V., sector foralista. Se trata, en definitiva, de sentimientos que suelen responder a cierta base real. Téngase en cuenta, además, que la sangre vasca, aunque diluida en un cincuenta por cien, también nos alcanza a nosotros, sus hijos. No me parece casual, por ejemplo, que determinadas actitudes de Juan hayan sido comparadas más de una vez con otras de Unamuno. Y el tipo de reacción instintiva que *a posteriori* percibo en mí cuando algo colma mi paciencia, tiene muy poco que ver con la tan teorizada *rauxa* catalana y mucho con la típica intemperancia vasca.

Hay un punto más en la imagen que Juan ofrece de nuestro padre susceptible de no ser debidamente interpretada en la medida en que se fundamenta en un malentendido. Me refiero al escaso aprecio que nuestro padre parecía tener *a priori*, prácticamente sin conocerle, por el hombre con el que Marta salía hacia mediados de los años cincuenta. Le llamaba, en efecto, «ese ser innominado». Sencillamente, que su apellido, que es también nombre de pila, no era un apellido *conocido*, es decir, de *buena familia*; grave error, desde luego, puesto que su contrapartida era la de dar por sentado que un apellido *conocido* es garantía de honorabilidad, y no, en ocasiones —caso por desgracia más que frecuente— de todo lo contrario. Lo que en ningún caso significaba, como da a entender Juan, era la existencia de un prejuicio antisemita en nuestro padre, por mucho que los apellidos-nombre de pila sean frecuentes entre los descendientes de los judíos conversos, dato que, posiblemente, ni tan siquiera conocía. Y lo que pudiera preocuparle en relación a Monique, a la que por otra parte siempre trató con afecto, tiene también una explicación sencilla con sólo que nos molestemos en considerar las coordenadas de una mentalidad tradicional como la suya: los problemas que puede entrañar la relación con una mujer divorciada y con una hija de cara a una eventual futura descendencia, no el hecho de que fuese judía. Es más: estoy convencido de que hoy día sería un ferviente partidario de Israel por iguales razones a las que admiraba a los alemanes: inteligencia, eficacia, capacidad organizativa. Las frecuentes discusiones políticas que sostuvimos durante sus últimos años no tenían otra trastienda que las habituales diferencias entre un padre de ideas conservadoras y un hijo que no las comparte.

Si a un árbol crecido en pleno bosque le despojamos de su contorno, de cuantos árboles le circundan, la silueta será sin duda estrafalaria, fantasmagórica, ya que la peculiaridad de su forma se hallaba hasta cierto punto regida por el contorno. Con los hombres sucede algo parecido: es poco menos que inútil encontrar explicación a los propios traumas sin preguntarse por los posibles traumas de quienes nos han rodeado, especialmente en la infancia. Poco, o mejor, nada, sé a este respecto de nuestra madre o del abuelo; no así respecto a nuestro padre. Recuerdo, en este sentido, un desayuno en la terraza de Torrentbó a finales de los años cincuenta. Nuestro padre, que desayunaba al levantarse, de siete a ocho, compareció de pronto con unas cuartillas que acababa de encontrar en una carpeta y que quiso leernos. Se trataba de una especie de poema en prosa, escrito —según nos dijo— muchos años atrás, y dirigido obviamente a una mujer amada que había muerto. La voz temblorosa, la breve pausa y los carraspeos que precedieron a la lectura de las últimas líneas me ayudaron a modificar el significado que yo había dado inicialmente al texto: la amada mujer muerta no era nuestra madre, como yo suponía, sino la suya, fallecida a consecuencia de unas fiebres puerperales al poco de la independencia de Cuba, cuando nuestro padre tenía alrededor de doce años. Sólo entonces caí en la cuenta del curioso *aire de familia* común a dos mujeres que nunca llegaron a conocerse y que sólo tenían en común su personal relación con nuestro padre.

LAS RAMAS. Los lazos con la línea paterna de la familia, muy intensos en la inmediata postguerra, se fueron debilitando con los años. La relación más asidua fue la que mantuvimos con tío Leopoldo, quien, aparte de pasar largas temporadas con nosotros en Torrentbó cada verano, nos visitaba casi semanalmente en invierno. Era un solterón con gran sentido del humor y menos egoísta de lo que, por razones de comodidad, intentaba parecer; a él debo mi temprano interés por la geografía, la historia y, ya bachiller hecho y derecho, mi afición a los cigarros puros. A tío Luis, que, como su nombre indica —o mejor, como indica el mío— era mi padrino, le debo una sabia educación literaria, acorde siempre con mi edad. Dos veces al año —Reyes y san Luis— venía con su regalo que, a partir de los seis o siete años, consistió invariablemente en un libro. Y si en un principio ese libro era de Salgari o de Walter Scott o una *Historia de la Piratería*, de Philipp Goose, no tardó en convertirse en una obra de Twain, Stevenson, Chesterton, Conrad, Melville, Baroja, Galdós o Balzac (*Padre Goriot* y *El primo Pons*, en traducción española; *Emilio y los Detectives*, que menciona Juan, fue regalo de tía Merceditas, mi madrina). Por otro lado, a partir de mis 16 ó 17, nuestros respectivos gustos empezaron a diferenciarse; por aquella época yo era un devorador de novela americana (Faulkner, Hemingway, Dos Passos) en ediciones argentinas que José Agustín se conseguía bajo mano en las librerías madrileñas. Eran autores que tío Luis no conocía y que, caso de conocerlos, difícilmente le hubieran interesado; educado en el modelo literario decimonónico, no podía interesarse en la literatura que se saliese de ese modelo. Entre un Maurois y un Proust, él se hubiera quedado siempre con Maurois, y entre un Somerset Maugham y un Joyce, con Somerset Maugham.

De todos los primos hermanos, el que ha mantenido una relación más importante con nosotros es, sin lugar a duda, Juan B. Vallet de Goytisolo. Aunque el *nosotros* abarque en este caso a todas las ramas de la familia, ya que nunca ha dudado en prestar su apoyo más desinteresado a cualquier familiar metido en un aprieto, en mi caso concreto ese apoyo tuvo para mí un valor verdaderamente singular. Me refiero a la visita —enormemente tranquilizadora por todo lo que implicaba— que consiguió hacerme, a raíz de mi detención en febrero de 1960, cuando me hallaba incomunicado en los sótanos de la Dirección General de Seguridad, a costa de enfrentarse a otro notario, el Sr. Arias Navarro, por aquel entonces Director General de Seguridad, y al hecho de que se diera de alta en el Colegio de Abogados de Madrid a fin de poder seguir visitándome en Carabanchel. Los factores más decisivos de mi puesta en libertad —aparte de que realmente no existían pruebas de consistencia en contra— fueron, sin duda, la recogida de firmas que Juan promovió desde París, encabezada por Malraux y Picasso, así como documentos similares promovidos por los exilados españoles en México y otros países hispanoamericanos, al igual que la recogida de firmas en España, encabezada por Menéndez Pidal y Cela; pero, psicológicamente, en las duras condiciones en que yo me hallaba, las visitas del primo Vallet superaron cualquier otra prueba de solidaridad. Al volver a casa supe que nuestro padre había redactado otro escrito dirigido a Franco que firmaron asimismo algunos de sus amigos, un escrito cuyo contenido desconozco pero que es fácil de imaginar como una especie de certificado de buena conducta. Sólo después de su muerte supe que también había enviado un ejemplar de *Las Afueras*, ya que entre sus papeles apareció el cortés acuse de recibo de la Casa Civil del Palacio del Pardo. ¿Qué otra cosa podía hacer un hombre como él en aquella situación y qué otra cosa podía hacer sino agradecérselo?

Los lazos con la línea materna fueron casi inexistentes, ya que, más que la relación, fue la línea en sí lo que tendió a disolverse. Recuerdo, inmediatamente después de la guerra, haber estado en casa de tío Laureano, hermano del abuelo. Su hija, tía Montserrat Gay, como la llamábamos para distinguirla de una hermana de mi padre llamada también Montserrat, me preguntó si quería pastas, propuesta que rechacé inicialmente, ya que imaginaba que se trataría de algo así como pasta de dientes. Una familia que gozaba de todo el respeto de mi padre: católicos, monárquicos de derechas, descendientes de un cabecilla guerrillero antinapoleónico que operaba en el Alto Ampurdán. Pero el último varón de esta rama de los Gay murió durante la guerra civil —mérito supremo en el ámbito familiar— luchando como voluntario en las filas del Tercio Nuestra Señora de Montserrat, y con él, o mejor dicho, con tía Montserrat Gay, se extinguió todo vínculo directo.

El gran claroscuro de la composición hay que situarlo en el segundo apellido de nuestra madre, Vives. Su abuelo, es decir, nuestro bisabuelo, José María Vives Mendoza, fue tal vez el notario más prestigioso y culto de la Barcelona de la época. Poseía una magnífica villa en la calle Panamá del barrio de Pedralbes, sólo que, probablemente, sin campo de tenis detrás del jardín, ni huerto y bosque de pinos detrás del tenis; a juzgar por las fotos, fue el escenario principal de la niñez de nuestra madre y de tía Consuelito, y también, años más tarde, el lugar donde Antoñito fue contagiado por el tío-abuelo Ramón. El notario era hijo de una malagueña, María Mendoza, autora de por lo menos una novela, así como de numerosos poemas. A partir de ella, cada generación de su descendencia ha dado por lo menos una personalidad literaria: Ramón Vives, el tío-abuelo, cuyo nombre, en más de una ocasión, Juan ha utilizado como seudónimo; tía Consuelito, que escribió poemas en castellano, catalán y francés, y finalmente, según contaba Montserrat Gay, nuestra propia madre. Pero, junto a la vena literaria, el azote de la tuberculosis. Ramón Vives, que arrastró consigo a Antoñito, tía Consuelito, la abuela; yo mismo no estaría escribendo ahora estas líneas de no ser porque en 1960 existían ya los antibióticos, el PAS y las hidracidas. La falta de relación con la familia de Eusebio Borrell, marido de tía Consuelito, no me parece basada en ninguna clase de hostilidad, ya que se trataba de una familia de juristas tan católica y de derechas como la nuestra, y el calificativo de *la Chapuda* aplicado a la madre, al igual que tantos otros apodos, tiene variantes y equivalentes en numerosas familias. Pero el matrimonio había sido tan breve como trágico, y los respectivos familiares no podían intercambiar más que lamentaciones.

Eclipse similar al de los Vives y de los Gay, por idéntica falta de descendencia masculina, es el de los Taltavull, apellido materno de nuestro padre. La familia provenía de Menorca, y siempre me intrigó la extraña fonética de la palabra a la que no acertaba a encontrar explicación etimológica. Hasta que la casualidad quiso que un buen día leyera en la prensa un artículo sobre unos restos, creo que craneales, de lo que los antropólogos conocen como el

Hombre de Taltavull; se trata, al parecer, de los restos de un hombre, relativamente similar al de Orce, que fueron descubiertos en un pequeño pueblo situado al noroeste de Perpiñán llamado Taltavull, Tautavel según la actual ortografía francesa de los mapas. Como es sabido, Menorca fue repoblada fundamentalmente por ampurdaneses, y con ellos llegó, probablemente, ese otro hombre de Taltavull.

TRANSITOS. Si la pérdida de Antoñito había tenido fuertes repercusiones en la vida de la familia, la muerte de nuestra madre contribuyó a relegar a un segundo término, ya que no a olvidar, la de Antoñito. Yo no conservo de ella el más mínimo recuerdo, pese a guardar en la memoria acontecimientos coetáneos, cuando no anteriores. Y, por supuesto, no sé nada acerca de los juguetes que, según Juan, fueron a parar al desván después de su muerte; de hecho, nunca había oído hablar de este asunto. No es que juzgue imposible que quienes recogieron su cuerpo junto con el de las restantes víctimas de aquella carncieria que fue la *bomba del Coliseum*, recogieran además los objetos dispersos entre los escombros y, debidamente identificados, los entregaran a las respectivas familias, y que entonces los abuelos nos los hicieran llegar a Viladrau especificando para quién era cada cosa. Pero me parece mucho más probable que toda esa historia sea consecuencia de las conjeturas hechas en torno a los motivos del viaje a Barcelona, a saber: visitar a sus padres, intentar ir de compras —si es que había algo que comprar—, y, claro está, mirar de traer algún regalo para los dos José de la casa, nuestro padre y José Agustín. La fecha del bombardeo coincidió con mi cumpleaños, pero lo que se celebraba en casa era el santo, y san José cae en 19 de marzo. ¿Y el resto de los regalos? ¿Invención piadosa de los abuelos o de tía Rosario? Lo más seguro.

Bajo el signo de esas desapariciones inesperadas y prematuras, el ambiente de Jaime Piquet 41, con los años Pablo Alcover 41, nunca fue ya el de un hogar normal, cuando menos en lo que a vida de familia se refiere. Cuantas iniciativas tomó nuestro padre para darle la vuelta a la desgracia fueron inútiles, y su hostilidad hacia el abuelo no hizo sino acrecentarse según pasaba el tiempo. Juan, en *Coto Vedado*, se remite a *Antagonía* para ahorrarse explicaciones acerca de ese período. Con todo y ser cierto que algo de la vida de un autor se trasluce siempre en sus obras, yo diría que así como las casas y los paisajes que aparecen en *Antagonía* poco tienen que ver con Jaime Piquet 41 o con Torrentbó, lo mismo sucede con el ambiente familiar, fondo del cuadro antes que tema central. Donde sí que el conflicto de dos personas condenadas a odiarse juntas constituye el núcleo central del relato es en el capítulo II de *Las Afueras*, obra escrita íntegramente en ese periodo de mi vida. Juan elogia mi actitud abnegada a este respecto, contraponiéndola a su propio egoísmo. Es cierto, en efecto, que durante años he tenido que hacer de padre de mi padre, de padre de mi abuelo, de padre de Eulalia y, en ocasiones no precisamente gratas, hasta del resto de la familia. Pero, a mi entender, si Juan se culpa de ello como de tantas otras cosas, es debido a un sentimiento de culpa previo a los hechos, no al revés. Y lo malo del sentimiento de culpa es que, si se agudiza, acaba necesitando motivos que lo justifiquen, y si no se tienen, se buscan; también exige hostigamientos, personas empeñadas en castigar su fondo presuntamente culpable y, en último término, una confesión completa, a tumba abierta, como suele decirse. Y Juan, cuando menos en este caso, no tiene por qué culparse de nada, ya que, si por una parte no es posible estar en París y Barcelona al mismo tiempo, por otra, él no menos que yo, cargó con el peso de los gastos de casa que las menguadas rentas no llegaban a cubrir, y así se esfumaron los últimos restos de nuestras respectivas partes de herencia. En lo que concierne a mi presunta abnegación, también ahí cabe una lectura inversa; no abnegación: egocentrismo. Una persona que realiza una cosa porque teme que cualquier otra la realice mal, que necesita supervisar hasta el más mínimo detalle todo lo que hacen otros por cuenta suya, lo que está consiguiendo, en última instancia, es dar una satisfacción egoísta a su propio egocentrismo. Es curioso observar como los gustos del niño, sus preferencias e identificaciones en el mundo de los tebeos, de los cómics, como ahora se llaman, se convierten con los años en caricatu-

116

ras de lo que será el adulto: *El Hombre Enmascarado*, José Agustín; *Merlín el Prestidigitador* (*Mandrake*), Juan; *Flash Gordon*, yo.

El abuelo murió en marzo de 1964. Nuestro padre, más silencioso y sombrío que nunca tras la desaparición de su antagonista, en agosto del mismo año. Poco tiempo antes yo había tenido un desagradable accidente de ascensor cuyas consecuencias me pusieron bajo el cuidado de un conocido cirujano barcelonés, una de las muchas personas que, en el curso de los años, me han confesado el amor platónico que habían sentido por nuestra madre. Durante una de las curas me preguntó por nuestro padre. Francamente, no sé qué pudo ver en él tu madre, dijo con esa franqueza que sólo es capaz de permitirse un cirujano que ha salvado el brazo a su paciente. No recuerdo con exactitud cuál fue mi respuesta, seguramente una frase de circunstancias. Unicamente días atrás, al empezar a escribir estas líneas, cuando me vinieron a la memoria sus palabras, se me ocurrió la respuesta que debí haber dado entonces a tan insustancial comentario. ¿Qué pudo haberle visto? A lo mejor le hizo gracia el nombre, eso de Goytisolo; precisamente un primo hermano misionero me ha informado de que, para los negros animistas del sur de Chad, *goitisolo* significa maza o mano de Solo, una comarca de la región.

Un Jehová del siglo XX

Llegados a este punto, me siento moralmente obligado a interrumpir mi lectura de la presente obra para contribuir a su desarrollo con alguna que otra consideración que sin duda serán de interés para el resto de los lectores. Si a requerimiento del profesor Rico Manrique me antepuse en el primero de los textos aquí recogidos al significado y alcance de los tres que le siguen, números *2, 3* y *4*, mi deformación profesional como investigador que soy de textos religiosos del mundo romano me lleva ahora, a modo de impulso irresistible, a exponer mi modesto criterio acerca del contenido de las últimas páginas que hemos tenido ocasión de leer. Me estoy refiriendo, como el lector habrá supuesto, al texto de L. G. *Acotaciones* —que yo designo con el número *5*— relativo a la obra de J. G. *Coto Vedado*, un libro, por otra parte, cuya existencia, a diferencia de los textos que son objeto de mi análisis en *2, 3* y *4*, no necesita demostración. Mi conocimiento de *5* data de cuando, al igual que *Dos Equívocos*, texto aquí no reseñado, fue publicado por *El País*. Pero, al decir que me siento moralmente obligado, quiero significar, no que haya hecho extensivo a 5 mi compromiso con el profesor Rico Manrique, anterior a la existencia de ese texto, sino que, aparte de mi poco menos que fortuita especialización en la obra de L. G., se da ahora el caso —hecho para mí desconocido cuando adquirí el compromiso— de que el editor de la obra ha resultado ser Jorge Herralde, otro viejo conocido. En efecto : desde el colegio Lasalle, donde, como he dicho más arriba, conocí también a L. G., hasta las más recientes reuniones mundanas disfrazadas de acontecimiento literario, pasando por la Milicia Universitaria que él hizo en Artillería debido a que estudiaba para ingeniero industrial. Una relación, así pues, en cierto modo paralela a la que he mantenido con L. G. ¿Que son muchas casualidades? No deja de ser un punto de vista.

No me propongo entrar en el fondo de la presunta polémica entre L. G. y J. G., definirme respecto a la cuestión que ha enfrentado a los hermanos de iniciales simétricamente divergentes: curva y hacia la izquierda la J, recta y hacia la derecha la L. ¿Significativo? A mi entender, sí. Además, en líneas generales, mi opinión se halla implícitamente contenida en el curioso artículo relativo a este asunto que Piñol, editor tan audaz como notoriamente altruista, publicaba en *El País* a los cuatro días de que terminase de aparecer *Acotaciones*. Junto a pensamientos del calibre de un piñón, decía Piñol que el padre que aparece en el libro de J. no era el padre de L., que el abuelo de éste, no era el de J. Perfecto. Sólo que Piñol no llevaba la argumentación hasta sus últimas consecuencias, ya que, en ese caso, *C. V.* es, no un texto autobiográfico, sino una novela. De haber sido éste el planteamiento inicial todos nos hubiéramos ahorrado mucha tinta.

Mi objetivo, esta vez, se reduce a destacar el valor de dos frases de *Acotaciones*, no por breves menos reveladoras y adecuadas a mi propósito. Me limito a dos ya que, si bien podría recurrir a otros ejemplos, los dos elegidos son suficientes para confirmar mis apreciaciones iniciales —ver *1*— sobre determinados rasgos de la personalidad de L. G. subrayados aquí por el más explícito de los providencialismos. El primero de ellos se refiere a la preferencia que el autor manifiesta haber tenido, cuando era niño, por las historias de Flash Gordon, afición que comparte, dicho sea de paso, con Matilde Moret, como ella misma confiesa en *La Cólera de Aquiles*. Pero lo más interesante es la reflexión que precede al reconocimiento de tal preferencia: el hecho de que los héroes de infancia se conviertan con frecuencia en caricaturas del adulto. En otras palabras: F. G., salvador de planetas, es una mera caricatura de L. G. En verdad interesante.

La segunda frase que pienso destacar precede en unas pocas líneas a una confesión de carácter general relativa a la tendencia de L. G. a supervisarlo todo, a pensar que lo que él hace bien cualquier otra persona puede hacerlo mal. Me refiero al párrafo en el que afirma textualmente «...he tenido que hacer de padre de mi padre, de padre de mi abuelo, de padre de Eulalia y, en ocasiones no precisamente gratas, hasta de padre del resto de la familia...». Más interesante aún. ¿Habría que escribir Padre con mayúscula? Pues este tipo de afirmaciones no hace sino completar el cuadro clínico de una figura familiar al psicoanálisis desde los tiempos de Freud, lo que vulgarmente ha dado en llamarse *complejo de Jehová*. Personas que se sienten no ya providenciales, sino, me atrevería a decir, omniscientes y hasta omnipotentes.

Un cuadro que contribuye a explicar los olvidos de L. G. respecto a mi persona que ya he reseñado en *1*. ¿Cómo iba a recordar él a un hombre tan insignificante como yo? Sólo que ese olvido contiene una contradicción de principio, ya que no parece propio de un Jehová el ser desmemoriado. Y menos aún ignorar que las personas en apariencia insignificantes también tienen sus recursos, y por mucho que él manifieste saber tanto de J. G., no debiera descuidar la posibilidad de que otro, yo por ejemplo, sepa de L. G. más cosas de las que él pueda suponer. Llevo años y años recogiendo informes —amigas y amigos que no lo son tanto o que hablan demasiado, vecinos curiosos, conocidos chismosos, etc.— y el dossier que poseo a este respecto es, no ya exhaustivo, sino, en cierta medida, incluso explosivo. Datos y análisis de datos que afectan a diversos aspectos de la personalidad de L. G., que, me atrevería a

124

decir, ni él mismo conoce. Datos y análisis de datos que, por otra parte, no pienso divulgar, ya que, como bien sabían los antiguos, mi fuerza, mi defensa, se fundamenta precisamente en eso, en poseerlos y no divulgarlos. Extremo éste que, no obstante, me ha parecido oportuno insinuar, a modo de acotación última, a mis restantes observaciones destinadas a facilitar una recta comprensión del presente libro.

INDICE

NARRATIVAS HISPÁNICAS